천 개의 생각
만 개의 마음 ;

그 리 고   당 신

천 개의 생각 만 개의 마음;
그리고 당신

1판 1쇄 2023년 3월 15일

글·그림 권지영

펴낸이 모계영 **펴낸곳** 가치창조 **출판등록** 제406-2012-000041호
주소 경기도 고양시 일산동구 중앙로1347, 228호(장항동, 쌍용플래티넘)
전화 070-7733-3227 **팩스** 031-916-2375
이메일 shwimbook@hanmail.net

ISBN 978-89-6301-300-8 (03810)

ⓒ 권지영 2023

**문학
세상**은 가치창조 출판그룹의 문학 전문 브랜드입니다.

천 개의 생각
만 개의 마음;

그리고 당신

권지영 에세이

문학
세상

작가의 말

얼마나 많은 능선을 지나왔을까요.
지나오며 만난 산들이 여러 번 옷을 갈아입었습니다.

멀리 간 듯하지만, 항상 머물러 있습니다.
느린 걸음으로 사소한 모든 것에 시선이 머물 때마다
글과 그림이 담겼습니다.
작지만 소중한 일상의 풍경에서
오래도록 산책하듯 걸었을 뿐인데
먼 산을 넘어온 랩소디가 들려옵니다.

노래가 되었다가 발자국이 되었다가
잔잔한 냇물이 되었다가 울창한 숲이 되어 다가옵니다.
경쾌하고 산뜻한 울림이 내 안에서 걸어갑니다.

멀리 있는 그리움에게 안부를 전하며
다시 길을 걷습니다.

- 계절을 잊은 먼 곳의 나로부터

차례

그리움 한 조각

매일 매일 그리움 한 조각씩 뚝
떨어진다.

산다는 건
그리움을 쌓아 가는 것일까.

사랑하고 있어

보고 싶어 하는 마음은 사랑하는 마음에서 비롯된다.

우리가 말하는 사랑이라는 감정은 늘 그리워하는 마음이 바탕이 되어 슬픔이 수반되기도 한다. 사랑으로 충만한 가슴 언저리에 슬픔이 웅덩이로 고이는 건 사랑도 삶이라서 어쩔 수 없는 일이다.

함께 있음으로 인해 충족되는 사랑이기에 많은 이들은 평생을 함께하기로 언약하고 한 집에서 살아간다. 꼭 결혼이라는 제도에 들지 않더라도 함께 있고 싶어 하는 마음이 깊어 간다.

하지만 사랑하고 있음에도 함께하지 못한다면 시간이 지남에 따라 감정이라는 것은 바뀌기도 한다. 시간이 흐르고 거리가 멀어져 못 보게 되면 상심하게 되고 공유할 수 있는 일상이 줄어들게 되면서 상처를 받기도 하고 의도치 않게 상처를 주기도 한다. 그래서 이별이라는 길로 접어들어야 할 때 무너지는 가슴으로 울며불며 모든 시간이 슬픔으로 전진한다.

보고 싶다는 말은 사랑을 내포하고 있다.

당신이 너무 보고 싶다는 말은 한순간도 떨어지기 싫다는 말이다.

보고 싶다는 말은 당신밖에 없다는 말이기도 하다.

보고 싶다는 말에 아무 말이 없으면 한없이 슬퍼지기도 한다.

보고 싶다는 말은 사랑한다는 말의 앞뒤에 함께하는 말이다.

– 나는 당신을 사랑하고 있어요.

  당신이 너무 보고 싶어요.

그 간절한 말이 가슴속에서 꺼내어지지 못해 울기도 한다.

그냥 모른 채 지나가는 인연이었기를 바라면서.

몰랐던 사람이었으면 차라리 좋았을 걸, 하면서 아파하는 말이다.

지우개

한 번 좌절하고 나면
두 번째부터는 괜찮다.
내 머릿속의 지우개가
상처 난 마음에
연고를 바르듯이 지워 주니까.

사람은 망각의 동물이라 했다.
잊어버리고 사는 것도 있어야
또다시 시작하게 되고
작은 희망을 품게 된다.

〈고민 지우개와 희망 연필 한 세트〉
"당신의 고민을 지워 드립니다.
희망 연필로 새로 써 보세요."

'다시'와 '새로'와 '시작'은
모두 '희망'으로 나아간다.

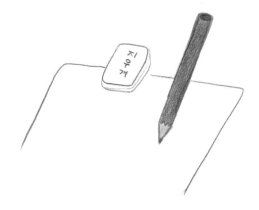

취미가 인생이다

~~~~~~~~~~

류해윤 할아버지는 70세에 그림을 시작하시고 90세에 3000여 점의 그림을 그리셨다. 세탁소를 운영하시던 어느 날, 갑작스레 돌아가신 아버지의 영정 사진을 달력 뒷면에 그리게 되면서부터였다. 제사상에 올리는 아버님의 얼굴을 일생 처음으로 그린 후 복덕방 한쪽에서 아침과 저녁으로 그림을 그리게 되셨다.

달력 뒷장에 펜으로 그린 그림을 유심히 본 아들은 아버지께 물감과 붓을 선물하고 오랜 시간 지켜보게 되었다. 아들 역시 화가지만 아버지의 그림에 대해서는 아무런 말도 하지 않은 채 오히려 미술이란 어떤 것인가를 다시금 정의하게 되었다고 한다.

10년 동안 1500점, 1년여 동안 150점 정도를 그리신 격이다. 그건 1달에 적어도 12점의 그림을 그렸다는 것이고 매일 붓을 잡고 사셨다는 말이나 다름없다. 그림만 그리신 건 아니라 동네일이며 바깥일도 꾸준히 활동적이셨다.

우리는 모두 예술가이기도 하기에 누구나 한 가지를 꾸준하게 열심히 한다면 그 어떤 예술도 펼쳐 낼 수 있다고 생각한다. 누구나 시인이듯, 누구나 예술가이다.

나도 언젠가부터 그림을 야금야금 그리게 되었다. 우연히 본 그림을 따라 그리기만 해도 시간 가는 줄 모르는 재미에 빠지게 되고, 시간이 지날수록 그림 그릴 때가 행복하다는 걸 깨닫게 되었다.

특히 이야기에 어울리게 표현된 그림책을 보면 그 상상력과 창의력에 감탄하며 멈춰 감상할 때가 많다. 내게 누가 그림책을 안 내느냐고 물어본 적이 있다. 화들짝 놀라며 내가 화가도 아닌데 무슨 말씀이냐고, 그림은 정말 못 그린다고 말한다. 그런데 고정관념 같은 생각이 나를 잡아 묶어 두고 있었다. 내가 좋아한다면 그냥 그리면 다인데 말이다.

뮤지엄 산 전시회에 쓰여 있는 할아버지의 전시 소개 글을 보면 다음과 같이 적혀 있다.

"모든 것에서 늦은 때란 없다는 것을 보여 주시는 분이다. 모든 것이 그러하듯 그림을 잘 그리는 것이 아닌, 자신이 잘하는 것을 그대로 담는 것이 중요하다. 배워서 잘하는 것보다 스스로 끊임없이 하다가 익히게 되는 것이 진정한 자신의 실력이자 자신만의 것이 된다."

스스로 끊임없이 한다는 것은 좋아해야 가능한 일이다. 그런 의미에서 '특기'가 아닌 '취미'에 해당한다. 내가 잘하는 것이 아닌, 별 목적 없이 하게 되는 것이지만 좋아하기 때문에 자동으로, 습관적으로 하게 되는 일이라 할 수 있다. 여기서 중요한 건 끊임없는 자세이다.

그림을 그리는 일도 많은 이들이 여유를 가지면 하고픈 일 중의 하나이다. 그림은 노래와는 또 달라서 큰 매력이 있다. 노래는 못 부르면 음치라고 규정지을 수 있고 비웃음을 받기 일쑤지만 미술은 전혀 다르다. 그림이야말로 표현의 자유가 훨씬 폭넓은 예술이다. 이해 못 하거나 이상하게 그린 그림도 우리는 예술로 봐줄 수 있다. 하지만 무조건적이지는 않다. 예술로 인정받는 시각에 있어 빠질 수 없는 항목이 '깊이'일 것이고 그 길의 조건이 바로 '꾸준함'이다. 어떤 것이든 꾸준함을 이길 수 있는 것은 아무것도 없다. 진정한 자신만의 것이 되는 길은 꾸준함에 있다.

우리가 부르는 취미라는 말은 그 사람의 취향을 나타내는 것이지만 이제는 취미가 인생이다.

아름다운 것

"아름다운 세상, 아름다운 이야기는 먼 곳에 있지 않습니다."

톨스토이의 책 《사람은 무엇으로 사는가》의 속표지에 있는 문장이다. 시 읽기 모임이 있는 전날 책을 펼치다가 이 문장을 만났다.

보통 톨스토이의 '세 가지 질문'에 나오는 질문과 답이 많이 거론되기도 하지만 그 역시 누구나 알만 한 보편적인 이야기이다.

행복은 멀리 있지 않다는 말처럼, 아름다운 것들도 나의 주위에 있다. 아름다운 것을 보고도 아름답다고 말하지 못한다는 건 어쩌면 행복을 느끼지 못하는 것과 비슷할 거란 생각이 든다.

유명한 사람이나 연예인, 또는 부와 명예를 가진 사람이 아닌 평범한 사람들의 모습에서 아름다움을 찾을 수 있고, 먼 곳으로 떠나야만 아름다운 경치를 만날 수 있는 것만은 아니라서 항상 내 주위의 것들을 사랑하라는 말과도 같다.

세상을 아름답게 보는 눈은 사람을 아름답게 보게 하고, 내 안으로 온전히 깃들어 그 모든 것들을 조건 없이 포용하게 한다.

아름다움이란 말도 행복과 같은 의미가 될 듯하다.

행복은 우리 곁에 있는데 멀리서 찾으려는 것처럼 아름다움 또한 먼 곳에 있는 것이 아닌 우리 곁에 있다. 먼 나라에 가지 않더라도 우리나라 곳곳에서 아름다움을 쉽게 찾을 수 있고, 우리 동네에서도 고유의 미를 느낄 수 있다.

아름다운 세상, 아름다움은 먼 곳에 있지 않다. 내 옆에 있고 내 안에 있다.

내 안에 머무르는 아름다움은 내 주변에서 온다.

먼 데서 오는 그리움조차 이미 내 안에 머물렀던 것들이다.

어떤 말

#꽃잎의 말

하루 종일 내린 비로 꽃잎들이
무더기로 낙사하였다.
무리 지어 무수히 모여 있는 꽃잎들-

한참을 들여다보며
사이사이 빈 공간으로
어떤 글씨가 이루어지지 않았나,
모스 부호보다 더 어려운 해독을 하느라
꽃잎 바닥 속으로 스며들 뻔했다.

어디든 갈 수 있지만
멀리 가지는 못했다고
내게 말을 하는 것 같았다.

어떤 말

어떤 말은 꺼내지 못한다.
숨겨 두고 간직해야 하는 말이 있다.
꺼내지 않아도 되는 말과
꺼낼 수 없는 말은 다르지만
어떤 말은 한쪽 가슴에 담긴 채 눅눅해져 가기도 한다.

서로에게 닿지 못한 말들
모두 까만 별이 되는 건 아닐까.

시의 힘

~~~~~~~~~

"인간의 진정한 힘은 격정 속에 있는 것이 아니라 깨어질 수 없는 차분함 속에 있다."

톨스토이의 이 문장을 만났을 때 시에 접목해도 무방할 것이란 생각이 들었다.

–시의 진정한 힘은 격정 속에 있는 것이 아니라 깨어질 수 없는 차분함 속에 있다.

응용을 해 보니 시를 잘 표현하고 있다는 생각이 든다.

시를 쓸 때는 낮은 마음자리에서 있는 힘을 빼고 가볍고 깊게 누르는 힘이 필요하다. 시가 어떤 순간에 찾아들지는 모르나 문장으로 태어나려면 차분한 순간을 아주 많이 필요로 한다. 고요 속에 마음을 다하여 지은 문장은 진정성으로 전해져 읽는 이의 마음을 흔들고 위로할 것이다.

시인은 자신의 이야기든 남의 이야기든 어떤 것도 대상이 될 수 있는 눈, 담을 수 있는 마음의 그릇이 필요하다.

시인은 자신을 표현하기 위해서만 시를 쓰는 것은 아니다. 사랑을 읽고, 사랑을 잃고, 떠나가는 것들을 그리면서 나와 누군가의 세계를 시로 쓴다.

우리의 감정은 공통된 부분에서 맞닥뜨려져 문제적 시각에 의해 현실을 고발하기도 한다.

시를 씀으로 해서 시인은 자신의 말과 모두의 말들을 대신할 수 있다. 시의 매력이기도 하지만 시인은 끝끝내 시로서만 이야기할 뿐 논하지는 않는다. 쓰는 입장에서 보자면, 시를 통해 자신을 더욱 깊이 있게 만날 수 있어 누구에게나 권하고 싶다. 아픔을 받아 적으면 위로가 되고 자신의 목소리를 어느새 찾게 되어 다시 호흡할 힘이 되기 때문이다.

시는 모는 것을 담아낼 수 있어 매력적이고 모든 것을 말하지 않아 매력적이다. 또한 모든 것을 말할 수 없음에 치명적인 매력을 지니고 있다. 말로써 다 설명하지 않아도 되는 시.

내가 말할 수 없는 것들에 대하여 다 쓸 수 있는 시. 그래서 나를 살게 하는 '시'다.

자연스러운 물성

오랜만에 간 동네 큰 서점에서 책을 한참 둘러보았다.

집에서 가장 가까운 서점이자 대학교 앞에 있는 그 서점은 언젠가부터 매장의 큰 규모를 줄여 나가기 시작했다. 오랜 성업이 불과 몇 년 만에 불경기로 돌아섰는지 반 정도로 줄어든 매장에는 서가의 책들도 텅텅 비어 가고 있었다.

문학책의 비중은 빈약하리만치 줄어들었고, 자기계발서나 가볍게 읽을 수 있는 책들이 중앙 매대를 장악하고 있었다. 빙 둘러보아도 책다운 책을 실컷 구경할 수 있는 공간이 아닌 것 같아 섭섭한 마음이 들었다. 열심히 쓰려는 작가는 늘고 있으나 죽어라 써도 팔리지 않는 책들이 많으니 출판하는 일이 참 쉬운 일은 아니란 걸 새삼 깨닫게 되었다.

모처럼 간 서점이라 줄어든 책들 사이에서 그래도 신기하고 매력적인 책들을 구경하느라 눈이 분주했다. 책을 둘러보다가 겉표지부터 속면지까지 온통 샛노란 책이 눈에 들어왔다. 책 표지보다 오히려 속이 더 노랬다. 그 노란 바탕에는 새까맣고 진한 활자들이 선명하게 박혀 있었다. 너무 진한 나머지 모든 것들이 강렬한 이미지여서 부담스럽고 어울리지 않아 보였다. 노랑과 진한 글씨는 읽는 이로 하여금 금세 눈의 피로를 느끼게 할 것 같고, 왠지 소비자의 눈을 확 끌기 위해서 기획된 의도 같다. 그래서 강렬한 인상을 주지만 출판사의 마케팅과 디자인 의도와는 달리 예상외로 구매욕을 떨어뜨릴 수도 있겠다 싶었다. 이제는 표지나 제목뿐만 아니라 책의 속지까지 매력적이어야 한다. 책은 내용도 중요하지만, 마케팅과 디자인이 무엇보다 중요하다고 봤을 때 그 책은 산뜻한 기분을 갖게 하고 눈길을 끄는 것은 분명해 보인다. 하지만 누구든 쉽게 사려고 할까 의구심이 들기도 했다.

"가장 완전한 것은 마치 이지러진 것 같다. 그래서 사용하더라도 해어지지 않는다.

가득 찬 것은 마치 비어 있는 듯하다. 그래서 퍼내더라도 다함이 없다.

아주 곧은 것은 마치 굽은 듯하고,

뛰어난 기교는 마치 서툰 듯하며,

잘하는 말은 마치 더듬는 듯하다.

고요함은 조급함을 이기고, 추위는 더위를 이기는 법이다.

맑고 고요함이 천하의 올바름이다."

- 노자의 《도덕경》, 45장

노자는 최고의 기준이 '자연'이라 했다. 자연스러움이 최고의 형식이자 가장 오래도록 유지될 수 있는 길이라는 말이다. 자연스러움을 거부하는 것은 독특한 개성을 나타낸다고도 볼 수 있다. 자연스러운 것은 오래 가지만 반대로 상대방이 부담스럽거나 독특하다고 여겨질 때는 오래 가기가 쉽지 않다는 말이다. 누구나 편하게 여기는 것, 보편적인 것들이 많이 통용되는 이유이기도 하다.

그런데 책을 사러 서점에 가는 사람은 얼마나 될까? 지금은 인터넷으로 뭐든 사는 시대라 책은 더욱 말할 것도 없다. 클릭 한 번으로 원하는 책들을 리뷰까지 읽어 볼 수 있고 다른 책들을 꼼꼼하게 비교하는 것도 가능하다.

내가 처음으로 직접 책을 산 건 갓 스물이 되어서였다.

서점 중앙에 배치된 책들을 구경하며 신기해하고 낯선 제목에 이끌려 사긴 했었지만 제대로 읽었는지는 기억에 없다. 제법 재미가 없었던, 제목만 거대하고 멋진 책인지도 모른다. 아마도 내게 맞는 책이 아니었기 때문이다. 호기심을 불러일으키는 책이었는데 눈에 띄는 곳에 자리 하고 있어 그중 고른 것이었고 어렵고 지루한 내용이었다. 나중에 다시 읽어 보려고 찾아보니 이미 없어진 지 오래된 건지 찾을 수가 없었다.

서점의 책은 서점에서의 역할과 운영자의 신념이 담기기도 한다. 서점의 입장에서는 어떤 책이든 팔리는 것이 가장 중요하겠지만 좋은 책을 내보이고 싶은 마음도 클 것이다.

'꿀벌이 꽃을 대하듯이 책을 대하라. 벌은 달고도 향기로운 꿀을 마시되 그 꽃은 조금도 상함이 없느니라.'

이 문장은 도서관의 대출 카드가 꽃히는 봉투에 적혀 있는 문구이다. 꿀벌이 꽃을 대하는 자세와 마음은 어떠할까? 그 꽃은 상함이 없다고 한다. 책의 향긋함을 취하되 소중히 다루라는 의미겠다. 한동안 나는 사람들에게 책을 막 보라고 얘기하기도 했다. 귀히 다루는 것과 또 달리 그 책에 애착을 가지라는 말이기도 하다. 책은 소장이나 전시용이 아닌 마음으로 먹고 영혼을 살찌우는 양식이기에 소중히 다루어야겠지만 필요에 의해서는 밑줄도 긋고, 읽다가 생각난 것을 메모해 두어도 좋다고 여긴다. 또, 그림을 그리거나 책을 읽으며 파생되는 것들을 하게 된다면 그 책의 가치가 더 높아지지 않을까. 자신의 보물처럼 더 아끼는 책이 될 것이다.

언제 어디서든 손쉽게 꺼내 볼 수 있다는 전자책이 쏟아지고 있지만, 책이라는 물성은 사람들에게서 쉬 멀어지진 않을 것 같다. 영원히 사라지지 않을 마음처럼 책은 우리의 근간을 이루는 물질처럼 여겨지기 때문이다.

왕벚나무 가지

<hr>

어김없이 돌아오는 계절,

자연은 매번 실망을 주지 않고 아름다운 감동을 선사한다.

'봄'이 바로 그렇다.

'봄'이라는 예쁜 말은 그 이름만으로도

마음이 온순해지고 한없이 애교스럽기까지 하다.

4월이면 흐드러진 벚꽃을 보고자 많은 이들이 설렌다.

찬란한 봄 햇살 아래

물결 흐르듯 가지를 늘어뜨리고

한 꽃, 한 꽃 정성스레 피운 왕벚나무 한 그루.

하늘을 가린 가지 사이로 쏟아지는 빛을 받으며 터뜨린 꽃망울은

누군들 사랑하지 않을 수 없게 만드는 마법 같다.

봄의 잔치가 끝나는 날, 흩날리고 뿌려지며 바닥에서 밟히겠지만

여린 꽃잎들은 아랑곳하지 않는다.

짓밟힘을 두려워 않는 꽃잎처럼

한 철 가면 잊힐 것을,

너무 아픈 마음을 오래 담아 두지 말자.

바야흐로 화창하다

김용택의 《그래서 당신》이라는 시집을 보다가
시의 제목에 '방창'이란 단어가 눈에 들어온다.
'방창하다'에서 온 단어이며
'바야흐로 화창하다'라는 곱디고운 의미가 함축되어 있었다.

–바야흐로
 화창하다

만개한 봄을 이르는 말,
화창함의 극치를 표현한 말이겠다.
섬진강을 바라보며 시를 쓰는 시인의 심성이 느껴지는 말이다.
고운 시집을 접하니 마음이 한결 가다듬어지고
일과가 빠르게 치닫는 저녁 마지막 시간이었으나
개운한 기분이 들었다.

"산벚꽃 흐드러진

저 산에 들어가 꼭꼭 숨어-."

그 화창함 속에 파묻히고픈 마음이었으리라.

방창한 그 단어만으로도 내 마음은 온통 방창해졌으니.

끄트머리 잡기

~~~~~~~~~

그 사람과 함께 걸을 때면

그 사람 옷의 끄트머리를 잡고 걷는 버릇이 생겼다.

길도 다 아는데 붙어 다니고 싶은 이유는 의지하고픈 마음일까?

어린아이가 엄마와 떨어지지 않으려는 마음일까?

밖에서는 손을 잡고 가야 마음이 놓이는 그런 이유.

무심한 듯 따스한 사람

#에피소드 1

주위를 둘러보며 천천히 걷는 나와 보폭을 맞추고
꽃비 속에서 함께 투명 우산을 쓰고 걸었다.
후드득후드득 내리던 봄비가
먼 길 돌아온 우리를 다시 손잡게 해 주고
좁은 골목길과 긴 산길에서도 밝고 따스하게 적셔 준다.

꽁꽁 언 길을 걸을 때면 시린 손을 쥐어 주머니에 넣어 주고
칼국수를 먹으러 다녔다.
따스한 등을 내주며 시시때때로 노래를 불러 주고
나만의 오디오가 오래도록 가슴에 남았던 날들.

#에피소드 2

물이 마르지 않는 미니 작천정에서 다슬기를 잡고
바위 위에 드러누워 낮잠을 잤다.
봄에서 여름, 여름에서 가을, 가을에서 겨울
계절이 성큼성큼 걸음을 옮길 때마다 다시 봄을 기다린다.

말없는 키 큰 미루나무 할아버지에게 기도를 올리고
손잡고 걷던 여러 갈래의 길,
이제는 미루나무 할아버지가 가슴속으로만 남았지만
함께했던 모든 것으로 즐거운 시간이었다.
'좋아해'라는 말을 좋아하는 사람 덕분에
뭘 해도 참 좋다.
뭘 해 줘도 참, 맛있다!

고백하는 여자

내가 당신에게 "사랑해."라고 말하자
당신은 그저 웃습니다.
바로 앞에서 휘발되는 말이어도
나는 당신을 사랑하기로 합니다.
체념 또한 사랑이라는 것을,
바라지 않는 것이 사랑이라는 것을
당신은 자꾸만 내게 가르쳐 줍니다.

내게 사랑한다고 말하지 않더라도
나는 그저 당신을 사랑한다고
감히 웃으며 말할 수 있습니다.

어느 날 문득 당신이 떠나간대도
어느 날 문득 당신이 사랑한대도
지금 나는 당신을,
당신을 사랑한다고 말합니다.

나이라는 숫자

영화 〈수상한 그녀〉에서 나문희 할머니는 청춘사진관이란 곳에서 사진을 찍자 청춘인 심은경으로 바뀐다.

젊어진 할머니는 자신의 가족과 주변 사람들 옆에서 새로운 모습으로 보이지만 본인의 모습으로 결국 돌아간다. 아무리 다시 많은 시간을 되돌린대도 지금의 자신과 지금 곁에 있는 사람들이 최고라는 걸 알려 준다.

나문희 배우는 다른 영화에서 치매 할머니로 나온 적이 있었다.

갑작스럽게 나타난 손녀딸을 키우며 억척스럽게 살아가는 일상이 감쪽같은 눈물을 선사하는 영화였다.

골목길의 막다른 꼭대기 집, 그 위로 떠오른 겁 없는 하루와 빠듯한 어둠이 평범한 서민들의 일상보다 더 애잔하고 너무 빨리 철든 아이의 해맑음이 아프기도 했던 이야기다.

나이가 믿기지 않게 점점 들다 보니 나이의 숫자가 거꾸로 바뀌었으면 싶을 때가 있다.

다시 그 시절로 돌아갈 수 없다는 걸 알기에 영화에 나오는 신비

스러운 요소도 그저 재미로만 보게 되지만 바로 옆에 있는 이들에
대한 사랑으로 영화를 보다가 눈시울이 적셔진다.
　우리는 역시 사랑의 기운으로 오늘과 내일을 살아간다.

　우리에게 남는 것, 우리가 항상 바라는 건 오늘의 사랑과 오늘의
안녕.
　지금 내 곁에 있는 이에게 사랑을 표현하는 일이 오늘 가장 중요
한 일일 뿐이다.

자신의 빛깔 모으기

레오 리오니의 그림책, 《프레드릭》에는 작은 들쥐들이 나온다.

친구들이 밤낮으로 열심히 일하느라 분주해도 프레드릭은 일하지 않는다.

왜 일하지 않느냐는 질문에 자신도 일하고 있다고 하면서 하는 말이 가관이다.

"햇살을 모으는 중이야. 색깔을 모으고 있어. 이야기를 모으고 있어."라며 자신도 겨울을 준비하느라 일하고 있단다.

겨울이 오고, 돌담 구석에 들어간 들쥐들은 시간이 길수록 먹을 것이 떨어지고 추워진다. 들쥐들이 프레드릭에게 모아 놓은 양식을 물어보자 프레드릭은 커다란 돌 위에 올라가서는 눈을 감아 보라고 한다.

"너희들에게 햇살을 보내 줄게⋯⋯ 금빛 햇살이 느껴지지 않니?"

마법 같은 목소리로 파란 덩굴 꽃, 노란 밀짚 속 붉은 양귀비꽃, 초록빛 딸기 넝쿨 이야기를 들려주며 색깔들이 보이게끔 해 주었고 들쥐 네 마리의 이야기를 들려주며 친구들을 감탄시킨다.

단지 배만 채우기에 급급한 들쥐와 감성을 채워 나가는 들쥐의 모습에서 우리의 모습을 볼 수 있다. 잘 먹고 잘살기 위한 생산 활동은 아주 중요하다. 우리의 삶에 없어서는 안 되고 인류에도 공헌하는 일이다. 그에 못지않은 것이 바로 자신이 진정 원하는 것을 이루어 나가는 것, 그리고 나누는 삶이 아닐까. 나의 정신적 풍요를 나누는 일이야말로 가치 있는 삶이 아닐까.

나의 주변에는 겨울을 위해 따듯한 햇빛을 모아 내면의 풍요로움을 선사해 줄 사람이 얼마나 있나, 내게는 어려울 때 꺼낼 수 있는 따듯한 이야기가 있는지 생각해 보니 예전 일이 떠오른다.

스무 살 어느 날 저녁, 강변에 앉아 친구에게 지어낸 이야기를 들려주었다.

강물은 겨울이 되면 커다란 새들이 모두 이끌고 어디론가 날아가 버린다고.

진지하고 신나게 이야기를 하다 보면 옆에서 듣고 있던 친구가 내 얼굴을 손으로 쓰윽 훑었다. 반은 믿는 것도 같았지만 지어낸 이야기가 가당찮아서였을 것이다.

이야기는 내게 무궁무진 상상하는 재미를 주었고 이야기를 떠올리면 웃고 있는 내가 보인다.

사람 사이에도 맞는 빛깔이 있는 건 아닐까.

개인적으로 내 빛깔이 어떤 색인지 알 수 없지만 '이야기'와 맞닿아 있는 건 분명한 것 같다. 그래서 이야기와 관련된 것들엔 눈에 생기가 생긴다. 그동안 이야기를 잊고 살았지만, 이제라도 만나는 이들에게 들려줄 생각이다. 빛이 담긴 이야기를.

4색 볼펜 세트

아이가 4색 볼펜 세트 중 하나를 줬다.

분홍과 하늘색이었는데 둘 다 예쁘다며 하나를 고르라 한다.

매사 나눌 줄 아는 예쁜 아이에게서 기쁨과 행복을 느끼는 순간
이다.

사람들은 사사로운 것이 소중하고 감사하다는 것을 안다.

작은 일상 속에 행복이 깃들어 있어 하루하루를 살아 나가는 게
아닐까.

뜻밖의 작은 선물 같은 오늘,

주어진 하루에, 살아 있음에 감사하고,

함께 있음에 감사하고,

아파하지 않았음에 감사하다고 느끼며 하루를 보낸다.

감사를 알게 되어 감사하다.

감사를 몰랐다면 하루의 의미를 몰랐을 테니까.

황혼의 아름다운 시간이 지났으니 이제 밤의
고요를 즐겨 볼까.

하루를 걷는 길

우리는 '하루'라는 길을 걸어간다.

뛰어가듯 숨이 차고 너무 빠를 때도 있다.

바다 위 보트에 누워 유유히 흐르듯 한가로이 태양을 즐길 때도 있다.

맛난 음식과 즐거움이 함께하는 때,

너무 아파서 아무것도 먹지 못하고 누워만 있을 때,

혼자 조용히 걸어갈 때,

왁자지껄 무리에 섞여 있을 때,

열심히 공부하거나 일에 몰입할 때,

아무것도 하지 않거나 실컷 웃고 떠들 때,

좋아하는 노래에 빠져 따라 부르거나 영화를 보며 눈물지을 때,

싫어하는 사람과도 만나야 하고

상처받아 울어야 할 때도

모두 '인생'이라는 긴 여정의 '길'이다.

그중, 오늘 하루를 걷는 길에 얼마나 최선을 다했나 돌아보는

것도 길을 걷는 일이다.

걷다가 한 번쯤 돌아보는 일,

쉼이고 다시 시작이다.

아픈 데는 나았어?

누군가 안부를 물어준다는 건 고마운 일이다.
그걸 알면서도 주위 사람들에게 나는 참 뜸하다.

꼭 약속하지 않아도,
문득, 연락해서 만날 수 있는 사이가
가끔 그리울 때가 있다.

뜬금없이
"아픈 데는 나았어?"
라고 묻는 말처럼.

김밥

참기름 냄새 살살 풍기며 입안에 쏙쏙 들어가는 김밥을 좋아한다.

엄마가 새벽부터 부산을 떠리며 정성스레 싸 주신 김밥은 늘 나의 마음을 기쁘게 했다.

언니와 오빠랑은 다른 도시락, 밥 먹을 때마다 오빠만 부르던 엄마.

김밥엔 차별이란 마음이 느껴지지 않아서 나를 더 설레게 하는지도 모르겠다.

김밥은 간단한 식사도 되고 간식도 되고 소풍에 없어서는 안 될 필수 요소이자 기본이다.

그냥 먹는 맨 김도 좋아하지만 여러 가지 재료를 내키는 대로 넣어도 되는 김밥은 언제 어디서 먹어도 든든하고 기분이 좋다.

병원 병문안을 갈 때도 싸 가고, 지인들과 나들이를 갈 때, 사무실 회의에 갈 때, 모임 시에도 김밥을 싸 가거나 집에서 종일 있을 때도 김밥을 곧잘 싼다.

뭐든 재료에 상관없이 즐겁고 가볍게 먹을 수 있는 김밥.

혼자 먹어도 외롭지 않고 여럿이 먹으면 더 즐겁게 먹는 음식이기도 하다.

　꼭 정해진 대로가 아닌 다양한 속 재료로 입맛이 더 살아나기도 하는 맛난 김밥.

　막연히 할머니가 되어도 좋아할 거란 예감이 든다.

그림자

~~~~~

겉모습만으로 속을 알 수 없듯이
그림자로 본연의 모습을 제대로 알 수는 없다.
보이는 것이 전부가 아니고
진실이 아니기 때문에
감춰진 것들이나 보이지 않는 것들에서 원래의 모습을 찾기가
쉽지 않을 때도 있다.

보이는 형태로만 섣불리 단정 짓기엔
우리가 모르는 부분이 너무나 많다.
무엇이든 보이는 대로만 눈에 담고 해석하는 것을 삼가야 한다.
고스란히 내비치는 그림자도 있지만, 각도에 따라, 시간에 따라,
주변 환경에 따라 달리 보이는 그림자.

소년의 그림자가 키 큰 아저씨의 모습을 하고 있을 수 있는 것처럼,
코끼리가 바위로 보이는 것처럼,
그림자와 본래의 모습이 전혀 다른 경우가 많다.

나를 항상 따라다니는 그림자는

어떤 모습일까?

천 개의 생각, 만 개의 마음

가끔 잠자리에 누워 있을 때 떠오르는 아이디어들이 있다.

수업에 관한 방향, 타이틀, 글쓰기에 관한 멘트들……

아침에 맘먹고 정리하려 하면 떠오르지 않는 그 소중한 생각들.

이래서 늘 메모지나 수첩이 옆에 있어야 한다.

들고 다닐 땐 쓸모를 찾지 못하는 메모지가 왜 옆에 없을 때는 필요한 순간들이 많은지.

실제로 수첩이며 메모지가 많음에도 쓰기를 일상화하지 않는 게 사실이다.

사무실에서 쓰던 버릇대로 이면지를 반으로 잘라 연습장으로 만들어 쓸 때는 그래도 곧잘 쓰곤 했지만 거의 업무적인 내용들이다.

창작에 필요한 내용은 오히려 머릿속에만 간직되는 경우가 많다.

생각이란 걸 다 담을 순 없지만, 우리가 잊어버리는 기억들이 많아서 그나마 살아간다고 한다. 사람에게 망각의 강이 있기에 감정도 사그라들고 아픈 기억도 시나브로 잊게 되니 어찌 보면 참 아이러니 하기도 하다. 매일 매일을 살지만 매일 다 기억하지 못하고 다 간직하지 못하는 건 너무 많은 시간을 살기 때문일까, 너무 많은 걸 하며 열심히 살기 때문일까.

　내가 기록하지 않아 잊어버린 기억들은 적었다고 해서 모두가 생명을 가질 수 있는 게 아닐지도 모른다. 그런 기록들이 모두 실천에 옮겨지는 것도 쉽지 않은 일이고 언젠가 다시 떠오르게 되는 기적 같은 일이 찾아들지도 모를 일이다.

　꼭 만나야 하는 사람은 만나게 되어 있다고 하듯이,

　꼭 해야 할 일이라면 내게 다시 찾아들어 나를 기쁘게 할 것이다.

남이섬 다람쥐

한 해의 마지막 날과 새로운 해의 첫날을 의미 있게 보내기 위해 남이섬으로 가족 여행을 간 적이 있다.

하얀 눈이 곳곳에 덮여 있어 눈사람을 만들고 발자국 놀이를 하고, 얼음 폭포의 장관을 즐겼다.

얼어붙은 강바닥으로 돌멩이를 던지며 산책하다가 강변 앞 바위 위에 앉아 있는 다람쥐 한 마리를 발견했다.

인기척을 못 느끼지 않았을 텐데 수많은 관광객에 익숙해진 건지 뒤에서 구경하던 우리를 아랑곳하지 않고 가만히 먼 곳을 응시하며 한자리에 있는 것이었다.

처음엔 한겨울의 섬에서 만난 살아 있는 동물이어서, 그것도 작은 다람쥐여서 반가웠다. 그런데 바위 위에서 멀리 보며 가만히 있는 모습은 마치 인생을 아는, 연륜 있는 사람처럼 느껴져 그 자리를 뜨지 못하고 주저앉아 바라보게 되었다.

그 다람쥐도 한 해가 바뀐다는 것의 의미를 아는 것일까?

언젠가 하얀 눈이 다 녹고 숨겨 둔 도토리를 찾아 먹을 날을 기다리고 있는 것인지, 따사로워지는 봄날을 그리면서 지난날의 추억을 그리워하고 있었던 것은 아닌지 문득 궁금해지곤 한다.

사랑의 가치

내게 닿은 인연이 사랑의 가치와 사람의 가치를 함부로 하지 않았으면 좋겠다.

살아가며 없어서는 안 될 사랑, 그리고 사람에 대하여 생각하다 보면 어느새 나의 곁에 있는 인연과 지나간 인연을 돌아보게 된다.

지금 나와 특별한 관계를 맺고 있는 사람이 있다면 그와의 관계에서 드는 감정의 표현으로 사랑한다는 말을 해 보자. 그 마음과 말이 흔해서 마구 쉽게 해 버리는 것이 아닌, 존중과 존경의 마음을 담아서.

"사랑해.", "사랑합니다."라는 말을 했을 때 되돌아오는 말이 "고맙다."거나 "감사하다."는 말도 좋겠지만 막상 그 말을 들으면 이상하게 조금 쓸쓸해진다.

"사랑해."의 대답으로 "사랑해."가 되었을 때는 조금도 쓸쓸한 마음이 들지 않을 것이다.

사랑은 서로가 공유하고 공감하였을 때 충만 되는 감정이기에 한쪽의 일방적인 감정이라면 슬프기 마련이니까.

하지만 "나도 널 사랑해."라고 듣지 못 하더라도 실망할 필요는 없다.

사랑은 그대로 온전한 것이고 고유한 것이어서 그 사람을 온전히 존중해 주는 것이므로.

온전히 사랑한다는 건 모든 것을 포용하는 마음일 것이다. 대상이 누가 되느냐에 따라 달라지겠으나 누구든 쉽게 사랑할 순 없지만, 누구라도 사랑할 수 있는 마음을 우리는 지녔다.

서로를 품을 수 있는 사랑이 아닌, 있는 그 사람 그대로를 바라보며 너그러워지는 마음.

그런 마음이 내 가슴에 퍼질 때 사랑의 가치가 드높아지지 않을까.

바람에 흔들리는 나무

바람이 몹시 부는 날이다. 여느 때와 다름없이 창밖을 내다보았다. 키 큰 나무들이 사정없이 흔들리고 있었다. 나뭇잎과 나뭇가지가 바람에 움직일 때마다 산발한 내 머리카락이 나를 덮쳤다.

나무는 제각각 혼자서 따로 서 있지만, 흔들림에 있어서는 다 같이 움직인다.

모두 하나의 거센 바람에 같이 흔들리고 같이 춤을 춘다.

가만히 서 있던 나무는 바람을 만나서야 자신을 움직일 수 있다.

누군가에 의해 심어지고 옮겨지고 흔들리고 있다.

먼 곳의 바람이 나무를 흔들면서 말을 하는 것 같다.

"너도 좀 움직여!"

"세상엔 신기한 것들이 얼마나 많은지 궁금하지 않아?"

나무는 궁금할까. 제 박힌 다리를 뽑아 세상의 신비로움을 보고 싶어 할까.

사실 한 곳에 있어도 세상 돌아가는 사정에 대해서 잘 알 수도 있다.

새들이 지저귀는 소리와 나무 아래 사람들의 이야기를 듣고, 하늘의 날씨를 시시각각 온몸으로 느끼며 계절에 맞게 움직이니까.

한자리에서 오롯이 존재하는 나무에 대해 사람들은 동경의 마음을 갖는다. 나무를 보며 위안을 받기도 하고 나무처럼 지긋이, 어떤 풍파에도 아랑곳없이 살아가고자 한다. 마치 나무의 성품이 아주 훌륭한 사람처럼 여겨져 닮고 싶어 하는지 모른다. 아무 말 없이 그저 한자리에 오래도록 있어 주는 것만으로도 믿음직한 존재가 된다.

오랜 세월을 묵묵히 살아가는 나무는 우리에게 많은 영감을 줘서 그림이나 시, 글과 노래로 옮겨진다. 나무에서 전해지는 든든함과 의지는 우리에게 쉼이라는 커다란 선물로 자리한다. 나무 같은 사람이 되고 싶어 하고 또 그런 사람을 좋아하는 건 그만큼 우리의 영혼이 더 맑아지고 푸르러지고 싶기 때문일 것이다. 살아가는 동안 많이 지쳐 버린 우리에게 바라봄만으로도 잠시 쉴 여유를 준다.

나무는
제자리를 지키며
사랑하는 사람을 지키네.

온몸으로 느끼는
햇살과 바람과 비

나도
당신을 온몸으로 기억하며
지켜 주는 나무이고 싶네.

꿈결

가끔 꿈을 꾼다. 사랑한다는 말 한 번 못 한 어머니, 아버지께서 이따금 내 꿈속으로 찾아오신다. 꿈속에서 큰 슬픔을 맞닥뜨려 한없이 울다가 깨는 날이 자주 있었다. 꿈인데도 가슴이 너무 아파서, 제대로 꿈속에서도 말하지 못해서, 뒤늦게 알아 버려서…… 눈물이 쉬 그치질 않는 밤들이 많았다.

멀리 사는 친구도 꿈속을 찾아온다. 낯선 여행지에서 우연히 만나 반갑게 인사를 나눴는데 금세 다시 친구를 잃어버린다. 두리번거리며 찾다가 결국 행방을 알지 못하고 꿈에서 깨어나면 한동안 내내 머릿속에서 떠나질 않는다.

꿈속에서는 내가 생각지 못한 일들이 일어나 나를 놀라게 한다. 내가 꾸는 꿈 중에는 누군가 죽는 내용이 가장 많았고, 길을 잃어서 헤매다 깰 때도 많다. 이렇게 툭하면 나는 꿈속에서 잃는다. 누군가를 잃어 감당하지 못해 울다 깨거나, 뭔가를 잃어버리거나 길을 헤매다 깨어나면 내 몸은 더없이 무거워진다. 그렇다고 재미있고 신나는 일들이 꿈속에서 펼쳐지기를 바라지는 않는다. 바삐 돌아가는 하루 속에서 언제나 시간은 치열하게 나를 끌고 가서 꿈을 꾸는지도 모르게 곯아떨어졌다 깨는 날이 잦다.

슬픈 꿈 대신 즐거운 꿈은 어떤 것일까. 잠을 자기 전에 좋아하는 것들을 떠올리면 꿈속에서 그 일들이 일어날까. 꿈은 반대라고 하니 나쁘게 생각하지 않아도 되겠지만 꿈자리가 사납다는 말은 또 어떤 의미일까. 내가 생각하지 않았다는 것이 꿈속에 나타나는 것도 맞을까. 무의식 속에 자리한 어떤 슬픔이 자꾸 잠자는 뇌 속에서 영사기를 돌리는 것인지도 모른다. 나의 무의식 속에 잠재된 이야기는 한없이 나를 무겁게 하지만 나는 분명 유쾌하고 발랄한 사람이다. 항상 부정보다는 긍정적인 태도가 삶의 기본이기에 슬픔 또한 나쁘게 여기지는 않는다. 억압된 자아가 꿈속에서 어떤 이야기로 형상화된 것일 수도 있으나 깨어 있을 동안 토해 내지 못한 슬픔을 꿈속에서라도 끄집어내어 나를 구제해 주는 것인지도 모른다.

내가 생각지 못한 꿈속에서는 내가 아는 사람이 거의 등장하지만 어디선가 일어날 것 같은 일들이 생긴다. 여행을 좋아해서인지 낯선 곳들을 방문하고 그곳을 헤매다 깨 보면 어디선가 사진에서라도 본 장면이거나 유명지인 경우가 더러 있다. 마치 있을 법한 일들이 책

속에 적혀 있는 것처럼 나의 꿈에는 내가 본 것들과 보지 못한 곳들이 등장해서 미스터리로 끝난다.

깨어나서 자꾸만 되짚어 보게 되는 꿈들,
어쩌면 그 꿈속에 언젠가는 당신이 찾아올지도 모른다.

돌멩이의 꿈

울산에 갔을 때 양남 바닷가에 들렀다. 인적이 드문 한적한 해변에는 회백색의 돌멩이들이 제각각의 모양과 빛깔로 모래 대신 바닷가 앞을 채우고 있었다. 파도에 철썩이는 바닷소리를 들으며 돌멩이를 구경했다. 마치 바닷가 돌멩이 전시장 같았다.

따사로운 햇발이 돌멩이들을 감싸며 내려 앉았다. 등 뒤로 떨어지는 따뜻함이 나를 그 자리에 돌처럼 머무르게 했다. 기다란 돌, 동그란 돌, 넓적한 돌, 거칠거칠하고 하얀 돌, 까맣고 매끈한 돌들을 하나씩 만지고 내 손바닥에 모았다. 하나씩, 하나씩.

똑같은 모양은 없었다. 저마다의 생김새와 질감이 달랐다. 돌멩이들도 이러한데 우리는 얼마나 다르던가. 어디서 어떻게 해서 여기 이 바닷가까지 온 건지 사연을 모르는 돌멩이들은 나에게 가만히 머무르는 위안을 안겨다 주었다. 남쪽에서 북쪽으로, 북쪽에서 남쪽으로 수백 킬로를 이동하는 여행자에게 단단한 돌멩이는 그 어떤 말도 해 주지 않았다. 하지만 그것으로도 충분했다.

바닷가에 가면 돌멩이나 소라껍데기, 조개껍데기를 줍곤 한다. 일종의 수집 같은 그곳의 기념품을 챙기는 습관이 생겼다. 일행들이 바다를 보고 있어도 나는 쪼그리고 앉아 돌멩이를 만지고 있다. 각양각색의 돌멩이들을 만져 보며 애착이 가는 것들을 몇 개 집어 그곳의 기억을 한 조각 가져와 거기에 날짜와 장소를 써넣기도 하고 투명한 플라스틱 상자에 모아 두기도 한다. 한번은 여행지에서 세모 모양의 돌멩이와 다홍빛이 나는 돌멩이, 인디언 문양처럼 생긴 나무 토막을 주워 왔다. 그리고 거기에 방문했던 날짜를 기입해 두었다. 가끔 그 돌멩이와 나무 조각을 보면 그때의 장소에서 바라본 풍광과 함께 그날의 공기까지 고스란히 떠오른다. 여행지에서의 기억은 고스란히 좋은 추억의 사유로 자리하게 된다. 여행지에서의 시간은 가끔은 무수한 잿빛 돌멩이 중 하트 모양의 돌멩이를 발견하는 재미를 주기도 하고 어쩌다가는 시가 태어나기도 한다.

"진정으로 무엇인가를 발견하고자 하는 여행은 새로운 풍경을 바라보는 것이 아니라 새로운 눈을 가지는 것이다."

–마르셀 프루스트

바닷가 돌멩이

가만있는 것 같지만
실은 아니지

동그랗다고 하지만
실은 아니지
나는 표정도 있고
소리도 낼 줄 알아

사연이 없을 것 같지만
실은 아니지
꿈이 없다 하지만
실은 아니지

바람에 끄덕 않고
비에 젖은 날에도

원하는 모양을 갖기 위해

햇빛을 기다렸어

너는 뭐가 되고 싶어?

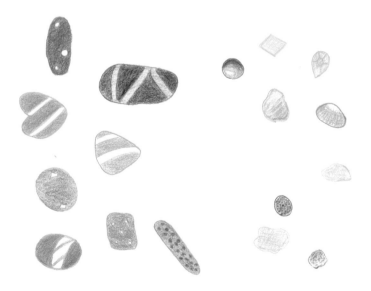

서른 글씨가 명필이다

캘리그라피를 써 달라는 부탁이 있을 때가 있다. 나는 전문가가 아니라서 못한다고 거절 의사를 밝히지만 떼쓰는 분들이 종종 있다. 캘리그라피는 개성 있는 자기만의 글씨체이기 때문에 누구나 자유롭게 쓰면 된다. 그럼에도 자신의 글씨체가 마음에 들지 않기에 내게 부탁의 말씀을 하시는 것이겠지만 나 역시 내 글씨체가 예쁘다고 생각하지 않아서 누군가의 글을 망치고 싶지 않다.

하지만 시와 접목해서 캘리그라피가 수업 중 언급이 될 때는 한없이 희망적이며 긍정적이다. 글씨는 자신의 결을 고스란히 받아 내듯 마음을 적는 것이기 때문이다. 그래서 마음을 열어야 하는 것이고 그러려면 최대한 긍정의 열림이 필요하다. 어떤 일이든 내가 가르치는 입장에서는 더없이 자유롭고 능동적이며 지적보다는 칭찬 일색이다. 하지만 막상 내가 직접 그걸 표현한다는 건 얼마나 어려운 일인지. 그렇기 때문에 더욱 격려를 잘 보낼 수 있기도 하다.

늘 고요함 속에 머무르고자 하는 나는 이것저것 돈 버는 일에는 바쁘지 않고 돈 되지 않는 것들에 시간을 보내며 살고 있다. 책을 내는 일이나 시를 쓰는 일이 그러하고 강의를 위한 기획안이나 교안 이외에도 수업 준비를 위해서는 많은 시간이 투입되어야 하는데도 잡다한 것들로 인해 꼭 필요한 책 읽기 같은 중요한 일을 제대로 행하지 못할 때가 많다. 그럼에도 나는 늘 책을 곁에 두고 산다.

잠시 잠깐 들춰 보는 책이라 하더라도 책 속의 글귀를 접하고 마음에 닿은 글이 있을 때는 잘 기록해 두곤 한다.

"서툰 글씨가 명필이다."라는 글귀가 오늘의 나를 사로잡았다.

내 글씨 또한 서툴고 내 글 또한 서툴다. 하지만 진심을 담아 쓰는 글이 명문장이며 명필이라는 말을 누구보다 더 잘 알고 있다.

레몬 네모 나무

딸아이가 한창 손재주를 요긴하게 써먹을 때는
자수, 리본 공예, 아트 공예 같은 종류의 책들을 빌려다 보곤 했다.
주말이면 바닥에 바느질 도구, 실 꾸러미, 십자수 재료들이 널려
있기 일쑤였다.
한참 십자수 천에다 자수를 하던 아이는 나무가 마음에 안 든다며
투정을 부렸다.
둥근 나무 모양이 아닌 네모로 되어 버렸다고 말이다.
네모 나무도 있을 수 있고 게다가 예쁘다고 했더니
그 나무의 이름을 '레몬 네모 나무'라고 지어 주었다.
세상의 수많은 나무의 이름을 더 알고 싶어지는 순간이었다.
저마다의 의미로 태어나는 나무의 이름들이
사람들의 이름보다 더 그럴듯해 보인다.

소나무가 있으니 대나무도 있는 것처럼
너도밤나무면 나도밤나무는 없나?
레몬나무면 미몬나무는 없나?

밤나무면 낮나무는 없나?

벚나무면 적나무는 없나?

치자나무면 맞자나무는 없나?

식목일에 아이들의 소나무를 심어 준 적이 있다.

아이들은 키 작은 나무가 자라는 동안 더 빠른 속도로 자라났다.

소나무가 덩치를 키우는 동안 아이들의 마음도 커져 갔다.

나무에 다가가 도닥일 줄 아는 아이들은

다른 나무에게 가서도 함부로 대하지 않는다.

하물며 열매를 마음대로 따지도 않는다.

어떤 것에든 귀 기울이듯 생명을 사랑하는 방식을 조금씩 터득하고

지켜 주는 것의 의미를 조금은 배워 간다고 생각된다.

두문불출

"미인은 문밖에 나오지 않아도 많은 사람이 만나길 원한다. 스스로 이름을 드러내려 애쓰기보단 내실을 다지는 것이 좋다."

-묵자

세상에는 다양한 사람들이 있다. 외모가 뛰어난 사람, 재능이 많은 사람, 축적된 부가 많은 사람, 사람을 잘 다루는 사람, 상처에 민감하여 나서지 않는 사람 등등.

자신만의 소신으로 살아가는 사람도 주위의 시선에 따라 소문에 휩싸일 수도 있고 휘청거릴 수 있는 게 세상살이다. 살면 살수록 배워야 할 것들이 많은 게 어쩌면 인생일지도 모르겠다. 알 수 없는 사람의 마음처럼 삶 또한 내일을 장담할 수 없으니 항시 겸허한 마음과 최선의 상태를 겸비하는 것이 필요하다.

언제부턴가 자기 PR 시대가 된 지 오래다. SNS마다 자신의 이야기들을 주야장천 쏟아내며 누구나 표현의 자유를 누릴 수 있는 시대이다. 우리가 사는 인생에 영업이나 홍보를 빼면 안 되는 양 너무나

많은 자기 노출과 정보들에 그러려니 하다가도 그만 보고 싶을 때가
있다.

밖에 나가지 않고도 사람들이 만나길 원하는 사람이 되도록 갈
고 닦기를 꾸준히 하거나 아니면 나를 되도록 계속 알리며 노출하는
것, 둘 다 최선을 다하는 삶이긴 마찬가지일 것 같다.

무엇보다 남의 시선이 중요한 게 아니라 내가 즐겁게 할 수 있는
것, 마음이 한결 편한 것을 선택해서 살면 되지 않을까. 누구에게 보
이는 걸 즐기는 이도, 눈에 띄는 걸 바라지 않는 이도 나름의 자리에
서 내실을 다지는 삶이면 말이다.

보이는 것이 다가 아니다

어린 왕자에 나오는 명대사 중 대부분은 어른들의 삭막한 현실이 반영되어 있다.

조종사 앞에 느닷없이 나타나서는 대뜸 양을 그려 달라고 요구하는 어린 왕자는 너무도 당당하다. 처음 보는 누구에게도 의연한 모습이지만 이때만큼은 영락없이 떼쓰는 어린아이의 말투이다.

조종사는 이런 갑작스러운 상황에 당황해하면서도 종이를 꺼내어 몇 차례 양을 그려 준다. 어린 왕자가 마음에 들어 하지 않자 포기 상태로 상자를 그려 주며 그 안에 양이 있다고 말한다. 그러자 어린 왕자는 자기가 원하던 양이라며 아주 기뻐하고 그 상자를 보며 양과 대화를 주고받는다.

조종사는 눈에 보이지 않는 것에 대한 의미를 깨닫게 되고 어린 왕자와 사막에서 밤을 보낸다. 어린 왕자와 이야기를 주고받으며 조종사는 어린 왕자에 대한 상상을 하게 된다.

어디에서 온 건지, 어떻게 온 것인지 상상하게 되고 어린 왕자가 하는 말들을 들으며 어른과 다른 어린이의 눈에 진실한 생각들이 자리하고 있다는 것을 깨닫게 된다. 조종사에게 어린 왕자와 함께한 며칠은 그 이후로 오랫동안 잊을 수 없는 순간들이 된다.

　만약 내가 사막에 불시착하게 된다면, 드라마에 나오는 예쁜 여주인공처럼 은혜로운 누군가를 만날 수 있을까. 누군가의 도움 이전에 스스로 살아남기 위해 그 상황에서 최대한 헤쳐 나오려 할 것이다. 눈앞에 보이는 위험과 불안으로부터 헤어나기 위해서는 보이는 것을 받아들이되 보이지 않는 것들을 볼 줄 알아야 한다.

　한 사람의 일생이 지금 자리한 것처럼 어떠한 상황이나 풍경에는 그럴 만한 사연과 역사가 깃들어 있다.

　눈에 보이는 것이 다가 아니라 상자 하나가 모든 것일 수도 있다.

　그 상자에는 눈에 보이지 않지만 어떤 진실이 내포되어 있다. 텅 빈 진실이어도 그 자체로 온전할 수 있는 이유는 보이지 않는 것을 볼 줄 아는 마음의 자세에서부터 오는 것이리라.

내 이름은 대서양

내가 좋아하는 책 중에서 제목이 《내 이름은 대서양》이라는 그림책이 있다.

5대양 6대주 이야기에 앞서 지구를 둘러싼 큰 바다의 이름을 묻자 3학년인 시우가 너무도 씩씩하게 "남해요!"라고 외친다.

순간 빵 터진 웃음과 함께 최근 여행지가 남해였었다는 생각이 났다.

'소를 본 일이 없는 사람은 송아지가 제일 큰 걸로 안다'는 영국 속담이 있듯이 사람은 본 것만큼 알게 된다.

하지만 아는 것만큼 또 보게 되는 것이니, 다음에는 더 많은 것을 보게 되리라 믿어 본다.

제일 큰 바다인 태평양이랑도 친척이지만 남해도 어차피 대서양의 친척인 건 맞다.

어른들이 분류하고 이름 지어 놓은 것에 불과할 뿐, 자꾸만 커지고 있는 그 큰 바다의 위신 앞에 가히 미천한 우리가 어찌 분간하고 어림하겠는가.

사람 나무

사람은 누구나 나무 같다.

큰 열매를 얻은 나무

바람이 스치는 잎사귀가 많은 나무

누군가를 쉬게 해 주는 그늘이 되는 나무

다 털어 내어도 다시 그 자리가 돋아날 나무

많은 사람에게 자신의 것을 나누어 주는 나무

자신보다 더한 눈도 다 이고 있는 나무

구멍이 송송 파여 있어도 거뜬한 나무

비바람에 꺾일지언정 굽히지 않는 나무

산들바람에 나부낄 줄 아는 나무

한없이, 한없이 기다리는 나무

누군가를 떠나보내는 나무

추운 계절이 지나갈 것을 아는 나무

혼자인 나무

무리 속 어울림 나무

오래전부터 함께였던 나무

기분 좋게 만드는 나무

나는
잔뿌리, 잔가지들 뻗어도
올곧은 나무이고 싶다.

지금은 '눈물역'에서 정차 중

"지금은 슬픔 중입니다.
눈물역에서 내려 주세요."

가끔은 멈춰서 기다려 줘야 해.
늘 함께 살아가던 감정이
불쑥 커져 버리면
다시 마음이 비켜서도록
살아가면서 가끔은
정차해 줘야 해.

"나는 가끔 눈물역에 정차한다."

둥글둥글 살아요

누군가 내게 아픈 말을 하면

머리는 가만히 있는데

생각할 겨를도 없이 가슴에서 출렁 물결이 인다.

둥글둥글 살아가고픈 평화주의자라서

미움이나 싸움을 가장 꺼리는데

누구나 내 맘 같지 않기에

상처도 쉽게 받고

내가 모르는 사이에, 내 맘과는 다르게

상처도 주게 된다.

이왕이면 말이라도 곱게 해서

마음을 자꾸 순화시키면 참 좋을 텐데, 아쉬움이 남는다.

예쁘다, 멋있다, 잘했다고 해 주고

상대방이 웃을 수 있는 말을 해 주면 내 표정도 함께 따라간다.

굳이 좋은 말을 아낄 필요는 없다.

언젠가부터 나에게 목적을 두고 다가오는 사람에게도

피하지 않고 대하게 되었다.

모든 마음에 측은지심을 두면 나쁘게 여겨지는 사람이 없다.

그 사람의 인생을 이해하듯 그 사람이 보여서 짠해지고,

어떤 의도를 두든 인간적으로 대하게 된다.

그러면 결국 상대방도 순리대로 자리 잡아 마음을 터놓을 수 있는
사이가 된다.

묶어 둘 수 없는 것

이 세상에서
묶어 둘 수 없는 것들

생각... 뭉싯거리는 연기 같은 것
　　너무나 철저하게 자유로운 것

그리움... 끈이 있다면
　　예쁜 방에, 안락한 소파에,
　　듣기 좋은 음악이 흐르는 공기 속에
　　두고 오고 싶다.

기다린다는 것

기다림.

누군가를 하염없이 기다리거나

어떤 소식을 기다리거나

마음속에 희망의 램프를 켜 두고 기다린다는 것.

그것이 도달하든 아니든,

그 자체만으로도 기다리는 동안에는 꿈을 꾼다.

여유로우면서도 조바심 내지 않는 마음에

기다리는 자체가 스스로에게 위안의 덩어리가 되어 가슴을 채운다.

나는 기다림에 익숙하다.

기다리는 소식이 있고, 또 기다리기를 이어 간다.

아무 소리 없이 끝나는 기다림도 있고

가끔 놀라게 하면서 안기는 기다림도 있다.

살다 보면 기다림의 시간들이 쌓이고

서서히 잊히고, 흘려보낸다.

기다림을 즐기면서 삶을 노래한다.

마음의 거리

당신과 나의 거리는 얼마나 될까요.
다 안다고 믿었던 순간
멀어져 간 자리

먼 곳에 떨어져 있어도
늘 내 안에 있어
살갑게 살고 있던 당신

그리움이란 이름보다 가까운 곳에
당신이 자리했으면 좋겠습니다.

물드는 시간

누군가에게 물이 든다는 건,
어떤 것에 물이 든다는 건,
사람이 그만큼 외롭다는 것이 아닐까.
어딘가에 스며들고 싶도록.

나무는 온몸을 물들이고
겨울 앞에서 제 몸을 벗기 시작한다.
나뭇잎을 다 떨구어 낸 후에야
비로소 겨울에 들어설 준비를 끝내게 된다.
더는 맨몸인 자신 외에 치장할 것도 기댈 것도 없을 때라야
자신을 지킬 수 있게 된다.

모든 걸 내던진 후에야
자유롭게 시련에 맞선다.

물이 들어가는 황홀한 시간을 뒤로 하고

껍질을 단단히 하며
시린 바람을 맞이한다.

　가끔 산책을 하다가 껍질이 벗겨지고 다시 새 옷으로 껍질을 두른 나무를 만날 때가 있다.
　모과나무의 꽃을 처음 보았을 때 경탄하고
　기린 같은 나무껍질의 무늬를 보았을 때도 꽃보다 더 한참을 들여다보았다.
　다시 배롱나무처럼 매끈한 껍질로 겉옷을 갈아입은 모과나무를 만났을 때 노랗고 노란 모과가 달리 보였다.
　향긋한 내음을 그윽하게 품은 모과는 가을볕을 흠뻑 마셨고, 가을 그 자체로 응축이 되어 있었다. 온몸으로 계절을 담은 모과나무는 삶, 그 자체였다.
　샛노란 모과에 코를 대고 있으면 깊은 가을볕 품은 모과 향에 어느새 물이 들어간다.

문

살아가는 동안 수많은 문을 만난다.

'열어도 될까?'

문 앞에서 의심과 걱정을 하게 되는 자신을 만나기도 하고

스스럼없이 그냥 밀어 버리는 순간도 만나고

몇 번의 발걸음과 망설이는 손을 결국 움직이게 하는 버거운 문도 만난다.

문을 열었을 때, 신기하고 반가운 것만 만나진다면 인생이라 말할 수 없다. 내가 원하던 무언가가 또 다른 누군가의 기다리는 문이기도 할 것이고 어떤 이유에서든 내가 열 수 없는 문도 만나게 되는 것이 삶이기에

오늘도 나는 두드림의 문을 맞이한다.

요트로 세계 일주, 탐험가

209일 동안 바다에서 요트로 세계 일주에 성공한 탐험가, 김승진 씨가 뉴스에 나왔다.

52세의 나이에 평탄한 생활을 뒤로 하고 자신의 꿈에 목표를 두어 탐험가가 된 분이다.

오직 바람의 힘으로 요트는 움직였고 태평양에서 적도로 항해했다.

그의 항해는 모든 경도와 위도를 통과하여 요트 세계 일주 기록을 인정받았다.

세계 여섯 번째 성공이라는 점도 놀랍지만, 망망대해에서의 두려움과 불안함, 외로움을 이겨 낸 목숨을 건 여정이야말로 놀라지 않을 수 없다.

상상만 해도 아찔한 바다에서의 위험을 무사히 마치고 오다니!

갈매기와 대화하는 정겨운 풍경보다 그의 도전과 과정이 아주 인상적이었다.

안정된 생활에 안주하지 않고 자신의 행복을 찾아 나섰다.

누구나 저마다의 꿈이 가슴속에 있듯이 그 꿈을 꺼내어 도전하는 것이야말로 진짜 참된 인생이 아닐까. 그분에게 존경과 경이로움이 일었다.

고등학생 때부터 세계 여행을 꿈꿔 왔던 나는 지도를 끼고 살았다.

20대 때엔 영화를 보며 로망을 키웠다.

집에서 보내 주지 않으려던 대학엘 다니면서 시간이 나면 알바를 했고 알바로 모은 돈을 한순간에 주식하는 아버지께 몰수당하기도 했다.

세월이 흐른 뒤에야 그 시절을 좀 더 재미있게 배우고 익히고 노는 데 쓰지 못한 게 아쉬웠다.

사람은 누구나 환경에 따라 바뀌기도 한다.

내가 처한 현실에서 주저앉기만 했던 과거의 나를 뒤로하고 언젠
가는, 언젠가는 머나먼 여행을 할 수 있을지는 미지수지만 여행이
라는 타이틀이 어느 순간부터 내 것이 아닌 먼 이야기 같게만 여겨
진다.

그리운 것들은 멀리 있고
나는 너무 멀리 온 건 아닌지.

구멍

마음속으로 누군가 들어오면 채워진 느낌을 모르는데
누군가 마음에서 떠나가면
그 자리가 뻥 뚫린다.
얼마나
가득
했기에

총 맞은 것처럼,
가사처럼
휑한 바람이 가슴과 몸통에 스며들어
그 자리를 메운다.

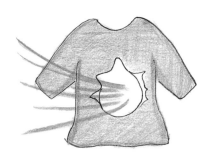

달팽이

꿈에 달팽이가 기어가면 기다리던 일이 이루어진다고 한다.

"달팽이가 바다를 건넌다."라는 말에서도 볼 수 있듯이

느리고 느린 개체의 대명사인 달팽이에 대한 인식과 해석은 긍정적이고 희망적이다.

나도 평소에 빠르거나 부지런하지 않기에 기꺼이 달팽이에 빗대어 부를 수 있다.

어쩌면 달팽이는 느린 것처럼 보이긴 해도 부지런한 축에 속할지 모른다.

더듬이를 촉수로 세우고 자기 길을 찾는 데에 시간이 꽤 걸려서 그렇지, 한순간도 가만히 멍 때리고 있는 순간이 없을 듯하다. 게다가 야외에서는 달팽이의 천적이 늘 도사리고 있어 달팽이의 삶이 참 쉽지 않다.

비 오는 날을 좋아하는 달팽이는 풀과 나뭇잎을 먹는다.

그래서 상추나 배춧잎에서 흔히 볼 수 있고 비 온 후 길에서 이따금 마주치기도 한다.

　아주 작은 달팽이를 본 적도 여러 번이고, 집 없이 홀가분하게 다니는 민달팽이를 보기도 한다.

　가을 어느 날은 공원을 걷다가 길 한복판에 나와 있는 달팽이를 보았다.

　보얀 피부에 오동통한 그 달팽이는 한눈에 보아도 식용 달팽이인 것을 알 수 있었다.

　내 주먹만 한 크기였으며 누군가의 집에서 탈출한 게 아니라 감당이 안 되거나 징그러워서 일부러 키우던 사람이 밖으로 내보낸 듯 보였다.

며칠 후 다시 공원을 걷다가 그 달팽이가 생각나서 전에 보았던 근처에서 찾아보았더니 세상에, 근처 가로등 밑에 올라가 있었다.

한 이틀 동안 움직인 거리가 그 정도였을지, 아니면 주위를 뱅글뱅글 돌다가 다시 그 근방으로 온 건지 알 수 없다. 너무 반가운 마음에 한 번만 더 만나면 인연이라 여기려 했는데 그 이후로는 아쉽게 보지 못했다. 공원을 다니는 길고양이나 강아지 또는 다른 동물에게 노출이 되어 먹잇감이 되었을지도 모르고 풀숲 어딘가에 깊숙이 숨었을지도 모를 일이다.

추운 겨울을 앞두고 있어 걱정이 되어 한참을 찾아보았으나 결국에는 만날 수 없었다.

집에서 키우던 애완동물이 야생에서 얼마나 생존할 수 있는지는 불확실하다.

달팽이도 동물이므로, 생명이므로 함부로 책임지지 못할 일은 하지 않는 게 사람의 도리일지 모르겠다. 아무리 동물이라 하더라도 집에서 키우던 어떤 생명이든 하찮지 않게 여길 줄 아는 마음이 필요하다.

길에서 마주친 느린 달팽이가 지금쯤 어느 바닷가에 다다랐기를 바란다.

둥지

　지인과 통화를 하는데 사무실 창가 옆의 나무에 둥지가 있다며 놀랐다.

　꼬리 깃털이 기다란 새가 몇 번 왔다 갔다 하는 걸 보았을 뿐인데 언제 둥지를 만들었는지 모르겠다며 신기해했다. 통화를 끊고 사진을 보내왔다.

　황량한 겨울의 둥지 사진을 보니 억척스러운 환경에서도 살아남아 생을 이어 가는 모든 살아 있는 존재들이 위대해 보인다.

삶은 어디에서나 기적이다.

동물과 식물은 어떤 환경에서든 살아남아 생을 이어 간다.

어느 하나 허투루 하루를 살거나 한순간을 아무 의미 없이 보내지
않는다.

이미 알에서 깬 아기 새들과 새의 가족이 어디에서든 또다시 잘
살고 있겠지만 언제나 새들을 볼 때면 밤이면 도대체 어디에서 잠을
자는지, 다 자란 새의 집은 어디인지 참 궁금해진다. 새들은 모두 어
디서 와서 어디로 가는 것일까.

적합한 단어

열 살이 된 민준이랑 지담이가 색칠 놀이를 하다가
민준이가 문제를 냈다.

-내가 문제 낼 테니까 맞춰 봐.
 10 나누기 2는?

지담인 색칠만 하고 대답이 없다.

-지담아, 몰라? 어떻게 그걸 몰라?
 봐 봐, 답은 20이지, 20!
 내가 논리적으로 설명해 줄게.
 10이 두 개야. 그럼 몇이야? 20이지!

색칠하던 지담이가 얼굴을 들었다.

-야, 우리 반은 너네 반보다 진도 느려서

아직 안 배웠거든!

열 살이 된 민준이와 지담이가 나누는 얘길 듣다가 너무 웃겨서 그대로 받아 적었다.

실제로 아이들 어록을 만들라치면 무수히 많을 것이지만 따로 작업을 하지 않기에 들을 때만 감탄하고 웃으며 넘기기 일쑤다.

내가 있는 앞에서 수업 시간에 나누는 얘기를 가만히 듣고 있자니 민준이가 하는 말과 나누기를 내놓고 곱하기로 답을 우기는 설명에 빵 터졌다. 자기 말이 논리적이란다. 지담이 또한 지지 않으려는 말투로 진도가 느리다니, '진도'라는 말을 인용한 것도 웃기고, 색칠하면서 진지하게 나누는 둘의 표정도 재미있어서 동시로 받아 적었다.

그런데 이걸 본 한 분께서 애들 용어가 아니라고 말씀하셨다. 나눗셈을 배울 아이들의 입에서 나올 법한 말이 아니란 거다. 그래서 내가 실제로 들은 말인데 너무 웃겨서, 특히나 '논리적으로'란 말과 '진도'라는 말에 빵 터져 버렸다고 말했다. 그야말로 그 나이답지 않게 하는 말들이 너무 웃겼다고 하니 그런 말을 애들이 알 나이가 아니라고 한다. 그래서 나는 애들 어휘 수준이 얼마나 높은데, 그래서 우리가 기막혀하는 것이 아니냐고 말했다. 동시집을 읽는 독자는 연령대가 다양하다. 그럼에도 적합한 단어를 찾는 일은 언제나 수고를

감당해야 한다. 무엇보다 어린이 대상이 기본이기 때문이다. 하지만
교과서적이고 적확하고 적합한 단어는 오히려 작품 읽기나 감상의
즐거움에 방해를 초래할 수도 있다.

나는 아이들의 생생한 입말에 즐거울 때가 많은데 많은 사람이 의
외로 아이들의 수준을 잘 모른다는 데 슬퍼지기도 한다.

조팝나무꽃

인사동 근처에서 모임을 하고 집으로 돌아오는 길에 가느다랗게 피어오른 조팝나무 꽃망울을 보았다. 이제 막 꽃을 피우기 시작했다.

살짝 꺾인 가지 하나를 데려와서 유리병에 담았다.

하루 사이 꽃이 더 피어났다.

참 작고 작은 꽃과 아주 작은 꽃망울이 마른 가지에 올망졸망 붙어 사랑스럽게 피었다.

한 폭의 동양화 같은 자태로 올곧이 서서 책상 옆에서 나를 쳐다본다.

그리운 이의 얼굴처럼 봐도 봐도 또 좋고 예쁘다.

곁에 둘 수 없는 것들에 대한 그리움은 봄날의 아련함 같다.

같이 있는 그 순간조차도 믿을 수 없을 정도로 행복하여

보고 있어도 또 그립다고 하나 보다.

오랜만에 만난 사랑처럼,

짧은 키스처럼,

깊어 가는 시간처럼 잊지 못할 순간들.

우리는 또 언제 만나게 될까.

우리는 또 언제 사랑을 이야기하며 삶을 나누게 될까.

봄날의 흩날리는 꽃잎처럼 언젠가는 좋은 인연도 잊히는 걸까.

그리고 얼마나 오래 이어질까.

풍경

하루의 해가 돌아가는 시간,

타들어 가는 석양은 언제나 상상하지 못한 아름다움을 보여 준다.

특히 바다에서 지는 해를 본다면 그 이상의 행복은 없겠지만

도심의 차 안에서 마주하는 해넘이 또한 감동으로 다가온다.

아주 애정이 가는 순간이다.

노을이 지는 모습을 예고도 없이 맞닥뜨리게 되면

그날의 모든 수고에 대한 위로가 한가득 밀려드는 것 같아

포근하고 마음이 놓이게 된다.

하루가 저무는 시간은 우리 모두 어디론가 돌아가는 시간이다.

나는 석양에 물드는 세상과 저녁이라는 시간을 소중하게 여긴다.

곧 어둠이 들이닥치기에 더없는 찰나의 시간이기도 하다.

저녁부터의 시간은 평온이 깃드는 시간 같다.

저녁에 뜬 초승달과 달무리에 갇힌 둥근 달의 모습을 마주할 때도
한참 눈길이 머문다.

달의 모습 또한 이유 없이 먼 곳에서부터 오는 온기인 것만 같아
그 모습들을 바라보기만 해도 그저 모든 것이 충분하다.

석양과 달의 모습은 내 손에 잡히지 않는 꿈같은 모습이다.

언젠가부터 손에 닿지 않거나 손에 넣을 수 없는 꿈같은 풍경들에
설렌다.

어떤 모습에선 경이로움을, 어떤 모습에선 행복을, 어떤 모습에선
애처로움을 느낀다.

소리 없이 찾아드는 순간의 설렘으로 사진을 찍어 일상을 기록하
기도 하지만 시나브로 저무는 시간의 풍경 속에 있을 때면 한없이
평온해진다.

저녁 무렵, 시간이 허락한다면 그 시간에 산책하는 것이 가장 최
고인 듯하다.

바람에 쓰는 편지

종이와 펜이 없어 바람에 편지를 쓴다.

한 자 한 자 손가락으로 허공에 쓰는 글자들이 천천히 바람에 실린다.

내가 닿지 못하는 무수한 산을 지나고

나를 머물게 하는 수평선 저 너머

정적이 가득한 구름 사이를 비집고 들어가는 조용한 외침

나의 바람을 실은 편지는 먼 그리움을 안고

온순한 비둘기가 되어

당신의 깊은 곳으로 간다.

#

차를 타고 고속도로를 달리는 길이었다. 하늘은 맑고 하얀 구름이 따라오며 바람조차 평화로운 날, 차도 막히지 않았다. 조수석에서 하늘을 올려다보며 손가락으로 편지를 쓴다고 상상하며 시를 지었다. 다시 이 시가 노래로 만들어져 간다.

내가 아무것도 가진 게 없어 바람에 편지를 쓴다.

한 자 한 자 손가락으로 허공에 쓰는 그리움이

천천히 바람에 실린다.

세상 그 누구도 닿지 못하는 산을 지나

수평선 저 너머 정적만이 흐르는 그곳

고요한 바람이 허공을 가른다.

바람에 쓰는 편지, 먼 그리움을 안고 사라진다.

바람에 쓰는 편지, 오직 네게로 향한 마음

사랑했던 기억들이 먼 하늘로 떠오르고

차가워진 가슴에도 다시 차오르는 널 향한 마음

문턱의 소리

문, 턱. 문턱이라는 말을 떠올리면 몇 가지의 생각이 든다.

먼저, 집이나 어떤 공간의 넘나듦에 있어서 경계를 떠올릴 수 있다.

이어짐에 있어 한 번의 단절 같기도 하고, 쉼 같기도 하고, 때론 두려움이라는 감정이나 반대로 자연스러움도 어쩜 어울리겠다.

문턱이라는 말은 '문짝의 밑이 닿는 문지방의 윗부분'이라는 뜻이다. 그런 의미에서 문과 바닥, 닿음, 턱, 더 세밀하게는 이쪽과 저쪽, 거기와 여기 같은 말들이 연결된다.

화장실에 가다가 미끄러진 적이 있었다. 요즘 집들은 문턱을 다 밀어 놓아 평면적이다. 화장실도 문지방의 윗부분이 도드라지게 올라오진 않았기에 평면적인 깔끔함과 통일의 안정감을 준다. 그런데 문턱이 없으니 발이 미끄러져 화장실 바닥으로 자연스럽게 몸이 넘어졌다. 아마 문턱이 있었다면 그 순간에 미끄러지는 일은 없었을지도 모른다. 이렇게 공간에서 차지하는 부분의 문턱은 문과 벽으로 이루어져 열림과 닫힘, 또 다른 공간의 넘나듦을 구분 짓게 해 준다.

문턱에 대한 다른 의미는 '어떤 일이 시작되거나 이루어지려는 무렵을 비유적으로 이르는 말'이다. 이는 공간적 경계와는 사뭇 다르게 느껴진다. 시간적이면서 과정을 담아내고 있다. 또한 시작과 이루어짐이라는 설렘, 반가움도 포착되고 있다. 그럼 우린 언제 문턱이란 말을 떠올리게 될까.

힘겹다고 여겨지는 시기의 숨 막힘 또는 답답함, 주저앉음. 낮지 않게 여겨지는 문턱이 있다면 가슴 가득 들어차는 두려운 문턱도 있다. 턱- 소리가 날 정도로 삶은 호락호락하지 않으니까. 하나를 넘어서는 단계 또는 다른 것의 문턱의 존재. 우리 삶에서 만나는 수많은 문턱들.

이곳과 저곳이 다르다면 새로움이 동반되어 즐거움으로 나아갈 수도 있겠지만 그와 상반되게 기대보단 걱정이 많을 수도 있다. 겉으로 보이는 화려하고 행복한 모습과 다르게 쓸쓸함과 고독이 내재되어 있는 날, 외면과 내면이 일치되지 않는 시간, 행복과 불행은 맞닿아 있어서 우리를 끊임없이 되돌아보게 한다. 문턱을 사이에 두고 상반되는 삶의 순간들이 있다.

때론 아무렇지 않게 경계를 넘나드는 문턱도 있다. 늘 다니던 집 안의 방과 방 사이, 화장실이나 세탁실 등의 공간을 이동하며 거리

낌 없이 발걸음을 한다. 누군가를 만날 때도 경계의 의식보단 자연
스럽게 만남을 이어 가기도 한다. 무엇보다 자연스러운 것만큼 좋은
게 없다.

어쩌면 생각보다 우리는 많은 문턱을 만나며 생활하고 있다. 우리
가 의식하지 않아도 내가 건너온 시간들, 이루려고 했던 여러 가지
일들을 하며 넘어가고 흘러가듯 하루 속에서도 여러 번 문턱을 오
간다.

계절이나 시간도 마찬가지다. 계절이 바뀌면서 변화를 주는 일이
나 새해를 맞이하게 되면서 연말 정리, 인사를 나누는 일, 뭔가 새롭
게 마음을 가다듬으며 되돌아보고 다시 나아가게 된다. 시간의 문턱
은 달력을 넘기고 다시 새롭게 정비를 하게끔 도와준다.

새봄이 온다. 늘 그렇듯이 다시 또 시작하기 좋은 계절이다. 새봄
에는 하고 싶은 일을 꼭 하나 정해 보고 두려움의 문턱을 훌쩍 뛰어
넘으며 마음의 키를 키우면 좋겠다.

좋은 글을 읽는다는 것

수려한 문장을 읽으면 마음이 안정된다.

읽다 보면 어느새 그의 문장을 닮아 가고 그곳으로 향하고 있다.

좋은 글을 쓰는 사람의 내면이 내게로 다가옴을 느끼면서 그 결에 가닿기 때문일 것이다.

매끄럽게 읽히는 책은 꼭 작가의 말을 한 번 더 읽게 된다. 그리고 다른 책도 찾아보게 된다.

이금이 작가의 《너도 하늘말나리야》라는 장편 동화를 읽다가 든 생각이었다.

그 책을 읽은 한 아이가 인물들의 성격과 각자의 아픔에 대해 어떻게 써야 할지 모르겠다고 말한 적이 있다. 나는 문학적이고 울림이 있는 좋은 작품이라 생각했지만 정작 그 책을 읽으라고 권장해 놓은 학년의 아이들은 나 같은 감흥을 받기가 쉽지는 않은 것 같다.

아무래도 정서적 공감대가 다르기 때문일 것이다.

이야기 속 인물들은 어린이인데 각자의 상처에 대해 아픔을 드러내 놓지 못하고 가면을 쓰거나 가려져 있다. 툴툴대기만 하는 아이나 말하지 못하는 병에 걸린 아이 또한 아픔을 드러내는 표현일 것이고 자신을 지키는 방법일 거란 생각이 든다. 부모가 아이를 잃는 슬픔과 아이가 부모를 잃게 되는 슬픔을 감히 비교할 수는 없지만 활자를 따라가며 그런 슬픔을 가진 아이와 어른을 바라보게 되고 같이 이해할 수 있게 되는 것. 그것이 책을 읽음으로써 얻게 되는 힘이다. 내가 겪지 못한 상황들과 삶을 만날 수 있는 책, 그리고 가지 못한 세상으로의 여행이 무궁무진 펼쳐지는 책 읽기. 우리 아이들이 좋은 글을 이따금 접하며 말 그대로, 정서 함양에 도움이 되었으면 좋겠다.

겨울을 나기 위해 제 몸의 잎을 모두 떨구는 나무에게도 모든 게 갑자기 이루어지는 일이란 한순간도 없다. 나무는 봄부터 가을까지 내내 자신을 키우고 지키는 일을 한다.

봄부터 가을에 걸쳐 서서히 꽃눈과 잎눈을 만들어 나가고, 싹을 틔우고 줄기를 만들고, 가지를 뻗어 나뭇잎과 꽃을 피운다. 그리고 열매를 맺어 새들에게 먹이는 일까지 다 한다.

벌레들이 좋아하는 나뭇잎을 다 떨구고 뿌리로만 자신을 지키며 겨울이 지나가길 기다린다. 계절에 따라 모습을 달리하는 나무에게 는 매일이 고난일지도 모른다. 바람이나 햇빛, 빗물이나 강풍과 같 은 자연 현상과 기후 변화 등이 나무에게는 한시라도 마음을 놓을 수 없는 긴장의 연속이라 생각하면 사람들보다 오히려 더 힘들게 사 는구나 싶다.

한자리에서 오랜 시간을 버티며 살아가야 하는 나무에게는 모든 환경이 문턱이 될 것이다. 시간의 변화에 따른 모든 상황에 움직이 지 않더라도 그 자리에서 슬기롭게 자신을 지켜 내는 데 최선을 다 하는 삶이다. 가끔은 날아드는 새에 의해 상처를 입거나 누군가에 의해 부러지거나, 매 시각 어떤 일이 일어날지 모르는 건 어쩌면 나무나 우리나 비슷해 보인다.

물빛 그리움

바람 많던 골목 안에는 매일 밤 어스름한 가로등이 켜진다.
해가 짧은 블록 같은 집으로 들어서면
품 안에 든 지도를 꺼내
동그라미와 화살표를 이어 나간다.
문턱을 넘어 작은 발로 떠난 곳은
그리움을 키우는 나무가 되었다.

이따금 나무는 빛을 내며 잎사귀를 반짝이기도 하고
이따금 빗속에 한없이 서 있기도 했다.
시린 칼바람 앞에서 이내 얼어 버리는 웅덩이처럼
맨몸으로 밤을 건너가며 울음조차 터뜨리지 못했다.

소리 없이 싹을 틔우고

별빛 지듯 꽃을 흘려보내는 무수한 밤을 지나

물렁한 껍질은 조금씩 여물어져 갔다.

오늘의 시 엽서

2020년, 2021년, 2022년.

코로나19 바이러스로 인해 세계가 잠식당했다.

직장을 관둔 난 여전히 집에서 머무르는 시간이 많아 코로나로 인해 우울증이 찾아오거나 답답하진 않았지만 많은 사람이 봄이 오고도 꽃구경을 못 가자 아쉬워했다.

그러는 와중에 난 일반 시민들께 보내는 '오늘의 시 엽서'를 쓰게 되었다.

처음 시작은 한 출판사에서 보내 준 달력이 엽서 형식으로 되어 있어 그걸 활용하기 위함이었다.

탁상용 달력으로 두 권이어서 24명에게 보낼 분량이 되었고 SNS로 신청을 받아 하나씩 보내기 시작했다.

그렇게 시 엽서에 시를 옮겨 적다 보니 또 다른 배움이 있었다.

어떤 시를 보낼지 고르는 과정에서 일반 독자의 관점에서 시를 바라보게 되었고 어떤 시를 써야 하는지를 돌아보게 되었다. 이왕이면 희망적이고 따뜻한 메시지를 전하기 위해 고민했다.

시를 엽서에 적어서 발송하는 작업이 시간이 많이 들고 쉽지 않은 일임에도 참 힘이 되는 시간이었다.

덕분에 편안하고 따듯한 시나 동시를 짓기도 하고 받는 분들께서 예상외로 너무들 좋아해 주셨다. 삭막하기만 하던 일상에 단비를 만난 것처럼 반겨 주셨고 기뻐해 주셨다.

달력을 활용한 엽서는 그림 스케치가 들어가 있어 색채만 더하고 여백을 활용해 시나 동시를 적었고 달력의 숫자 부분을 종이로 덧대어서 거기에 편지를 썼다.

달력 엽서를 다 쓴 후에는 직접 하얀 엽서 용지에 물감으로 그림을 그리기 시작했다.

시 엽서를 받은 분들은 정성에 감동받으시고 택배로 선물을 보내주시곤 했다.

손 글씨로 쓴 엽서 한 장에 감동이라니, 정말 뜻밖의 일이 아닐 수 없었다.

시를 일상에서 접하지 않는 분들에게 시를 알릴 수 있어 큰 보람이었고 여력이 닿는다면 언제든 다시 하고 싶은 일이기도 하다. 내게도 큰 감동이 된 사건이었고 전 세계에 퍼진 바이러스로 인해 나만의 색을 갖게 되는 시간이기도 했다.

이별에 대한 예의

우연히 인터넷에서 접하게 된 제목이다.
그 무엇과도 '이별'함에 있어 마음이 아프지 않을 방법이 있을까.
예의를 갖추고 이별한다면 상처를 덜 받게 될까.

어느 정도 절차를 갖춘 이별의 통보 과정이 있다면
아픔이 조금 덜 할 수도 있겠단 생각을 해 본다.
그렇게 아픈 이유는,
마음 두었던 이에게서 일방적으로 어느 날 홀연히 떠남과 남겨짐
그리고 버려짐을 온몸으로 받아들여야 하기 때문이다.

누군가와 이별해야 할 때
덜 상처 주기 위해, 덜 상처받기 위해
우리는 무엇을 해야 할까.

서서히 준비하는 이별도 세상엔 존재하고
느닷없이 찾아오는 이별도 어쩔 수 없이 들이닥친다.

그럼에도 다시 견디고 일어서게 되기에 우리는 살아간다.

이별도 다정하게 건네는 인사 같으면 좋겠다.

나다움을 지키는 일

세계가 급변해 가고 있다. 이는 글을 쓰고자 하는 이들에게도 큰 이슈가 아닐 수 없다. 시대에 맞는 글을 쓰는 것이 가장 중요하기 때문이다.

작가 중에는 강연을 많이 뛰는 작가가 있다. 그들은 SNS상에서 유감없이 과감한 홍보를 자랑한다. 글을 쓰는 작가들은 많으나 강연을 많이 하는 작가는 한정되어 있다.

강연을 할 수 있는 작가들은 많이 있으나 섭외되는 작가들은 따로 있는 듯, 많이 하는 사람 위주로 강연 시장이 돌아가는 것처럼 보인다.

좋은 작품을 읽게 되면 작가를 만나 이야기를 듣고 싶어 하는 건 당연한 일일 것이다.

나는 좋은 작품을 만나면 여러 번 읽게 되고 작가의 내면에 존경심을 담게 된다. 만나고 싶어 쫓아다니는 대신 다른 작품을 찾게 된다. 책을 쓰는 작가들을 존경하고 그 힘을 믿는다. 그건 만나지 않아도 충족되는 나만의 기쁨에 속한다.

좋은 작품은 유명해지고 유명해지면 달라진다. 좋은 문장을 쓰는 사람은 계속해서 좋은 글을 쓸 확률이 높아서 좋은 작품을 기대하게 된다.

강연 또한 강연자가 유명하다면 그만큼 좋은 강연을 펼치기 때문일 것이다.

작가의 글과 달리 작가와의 만남이 글로 만났을 때와 다르게 느껴지거나 실망할 수도 있겠지만 말 잘하고 재주가 많은 작가가 대중들을 더 많이 만날 확률이 높은 건 어찌 보면 너무도 당연한 일이다.

이제는 글 쓰는 작가들도 장기나 특기가 있어야 하고 그것 또한 살아남기 위한 수단이 되고 있다. 하지만 드러내지 않고 글을 꾸준히, 열심히 쓰는 작가들 또한 그 깊이에 감탄하게 된다. 결국 작품으로든 작가로든 유명하다는 건 열심히 살아온 경력이 빛을 발하는 일이리라.

반면 SNS상에서의 노출은 상대적으로 다른 사람들에게 박탈감이나 무기력감을 들게 할 수도 있다. 하지만 무조건 부러워하고 열등감을 갖거나 낙담하기보다는 자신의 가치를 높이면 된다. 작가가 작품성을 갖추고 인간다운 매력을 지니고 있다면 그보다 더 좋을 순 없듯이 타인을 인정하고 존중하면서 나다움을 적극적으로 모색하고 키워 간다면 어디서건 인정받는 사람이 되는 건 분명하다. 그 과정의 방향은 어떤 것이든, 나를 나타내는 동시에 내가 추구하는 세계여야 한다. 우리는 누구나 흉내 낼 수 없는 자신만의 고유한 빛깔을 지니고 있기 때문이다. 나의 목소리를 통해 세상과 만나는 일을 두려워하지만 않는다면 어디서건 반짝반짝 빛이 날 것이다.

눈이 부시도록 아름다운 세상을 만끽하기에도 시간은 넉넉하지 않다.

마음은 논리가 아니다

누군가를 좋아하고, 사랑하는 데에 무엇이 따를까.
순간, 나도 모르게 스며들 듯 빠져 버리게 되는 것을.

무엇이 좋다, 어때서 좋다가 아니라
무작정 그 사람만 오롯이 품어지는 것임을.
아무 계산도 없이 막무가내로 한 사람이 마음에 들어서게 되고
시간이 흐를수록 그 마음이 짙어지는 것이 사랑의 마음이다.
억지로도 안 되고
속절없이 흘러가도록 내버려 둘 수 있어야 하고
그 사람에게 결국은 쉽게 상처받게 되더라도
내 마음을 내가 주체할 수 없더라도
감당해야 하는 무게가 사랑이다.

사유

사유한다는 것은

움직이지 않는 것을 움직이게 할 수 있고

정지된 순간을 보면서도 다른 상상을 할 수 있다.

오로지 관찰의 눈을 통해서

내 것이 될 수 있다.

시인은 오랜 관찰의 역사로 시를 쓰는 사람이다.

모든 것을 생명이라 여기듯

소중하게 다루면서 묘사해 나간다.

생각의 힘은 무궁무진해서

상투성을 과감히 깨고

온전하면서 유전적인 순한 언어로 탄생된다.

사유로 인한 발견의 위력으로.

별빛…… 세월호

20140416

기억하고…… 잊지 말아야 할 날이 되었다……

대한민국 국민들이 아픈 날…… 잊지 말아야 할 날.

또다시 이러한 안일하고 이기적인 행동이 일어나지 않도록 다잡아야 한다.

그 밑바닥에 내재된 이미 썩을 대로 썩은 동아줄도 끊어 내고

묻히길 원하는 것들을 더 이상 묵시해서는 안 될 일이다.

우리나라가 우울증에 빠졌던 그 당시가 지나갔고

그 이후 중고등학교에는 숙박 프로그램이 없어졌다.

또한 배와 운송 수단에 대한 안전 의식 교육 등이 강화되었다.

빛이 되어 올라간 사람들이 너무나 많았기에,

특히 한창 예쁠 때 그 빛도 다 내보이지 못한 아쉬운 작별이 허다했기에 누구나 가슴이 아팠다.

세월호 추모를 위해 딱히 할 수 있는 것이 없던 나는 추모 낭독회

에 참여했고, 그곳에서 박형준 시인을 뵈었다.

그때 그분이 쓰신 '별빛 핥기'라는 시에 또 한 번 감탄하며 그날부터 '별빛'이란 단어에 매료되었다.

수많은 별빛을 발하는 4월,

잊지 않고 늘 기억한다.

아직도 바다 속에 살아 있는 세월호.

알면 사랑한다

최재천 교수의 저서들을 보면 과학적 시선에 담긴 따스한 정서가 느껴진다.

선한 마음이 사회를 밝히고 세상을 구하는 길처럼 여겨져 내가 아무것도 하지 않아도 가만히 있는 그 자체가 인류를 구원하고 있다는 생각을 갖게 한다.

서로가 서로를 지켜 주듯 우린 모두 함께 살아가야 하는 존재들이다.

무엇 하나 그릇됨 없이 살아가는 일이 쉽지는 않지만

작은 이해와 배려가 낳게 되는 일들은 생각보다 많다.

자연을 사랑하는 사람은 사람을 대하는 자세도 자연과 같다.

다치지 않게 하려는 마음,

기다리며 바라볼 줄 아는 시선,

작은 생명에 보내는 찬사와 격려,

아끼고 지키는 것에 대한 예의.

이 모든 것들을 하나처럼 여긴다.

이팝나무꽃

사월 말이면 거리의 이팝나무에서 꽃이 피어오른다.

한 기둥에서 세운 나뭇가지는 마치 팔을 들고 벌을 서는 모습이다.

가지마다 이파리 위로 꽃들이 무성히 듬성듬성 피어난다.

아래에서 보면 보슬보슬 밥알이 앉은 것 같기도 하여 꽃의 전설이 있다.

옛날 어느 집안에서 큰 제사가 있어 며느리가 쌀밥을 지었다. 그런데 뜸이 잘 들었는지 몇 알을 떼어 먹다가 시어머니가 그 모습을 보곤 제삿밥을 먼저 먹었다고 갖은 학대를 했다. 그 이후로 견디지 못한 며느리가 뒷산에 올라 목을 매어 죽었다고 한다. 그 며느리가 죽은 무덤가에 핀 꽃이 이팝나무였다고 전해진다.

꽃의 전설들은 대부분이 슬프거나 비극이어서 더욱 찬연하게 피어나는지도 모르겠다.

아름다워서 슬프고, 슬퍼서 아름다운 일이기도 하다.

언젠가 할미꽃 이야기를 여자아이들에게 읽어 주었는데 한 아이가 눈물을 펑펑 쏟아 낸 적이 있어 깜짝 놀랐다. 그런 감수성을 가진 아이를 처음 보았기 때문이다. 이야기에 몰입해서 잘 들은 이유이기도 하겠지만 할미꽃의 사연을 듣고 진심으로 슬퍼하는 아이가 기특하고 신기했다. 아가씨가 된 지금 그 아이는 어떤 모습으로 자라났을까.

라벤더

밥을 같이 먹은 분과 이야기를 더 하려고 한 카페에 들어섰다.

입구에 화초들이 반기고 있었는데 그중 화분 하나가 눈에 들어왔다.

이야기를 마친 후 나오다가 다시 그 화분을 유심히 들여다보았더니 카페 주인이 집 안에서도 잘 산다고 말을 건넸다. 일단 실내에서 잘 죽지 않는다니 마음이 놓였다.

허브의 여왕이라 불리는 라벤더는 지중해 연안이 원산지이다.

키워 보니 연중 사계절 내내 매력적인 보라색 꽃을 보여 주며 줄기를 곧잘 세웠다. 햇빛을 많이 받되 습하지 않은 건조함을 좋아하고 추위에도 잘 견디는 편이다.

허브답게 잎을 건드리면 강한 향이 나고 우울증이나 정신 안정, 회복이나 세포 생육 촉진에 효과가 있다고 한다. 특히 스트레스성 불면에 좋다고 하니 심리적으로 힘든 분들이 키우면 좋을 것 같다.

화초가 있는 그 카페에서 두통에도 좋다 하여 선물로 받았다. 그런데 향이 강하다 보니 큰 화분의 라벤더는 그 향 때문에 오히려 곁에 두기가 쉽지 않아 베란다로 옮겨가게 되었다.

라벤더가 일반적으로는 집에서 키우기가 쉽지 않다고들 한다.

나 또한 처음엔 한 번 죽이고 두 번째엔 그나마 아직 살아 있지만 얼마나 버틸지는 장담할 수 없다.

보라색 꽃이 신비스러워 다가가지만 향이 강해서 곁에 가서 맡게 되면 뒤로 주춤하게 된다.

모든 것은 너무 강하면 옆에 있기가 힘든가 보다.

하지만 추운 겨울의 베란다에서 살아 내고 있는 라벤더를 보면 온통 기특함뿐이다.

사람이 사람을 만나고, 좋은 감정을 가지게 되고, 좋은 기운으로 차오르는 것처럼 꽃 화분 하나에도 좋은 기운이 퍼진다. 모든 것이 부질없다 여겨지다가도 누군가 나를 걱정해 주는 마음이 있어 다시 일어서게 되는 것처럼 한겨울에도 보라색 꽃을 피워 올린 라벤더가 오래도록 곁에 머물러 주었으면 좋겠다.

공감과 동정심

　힘든 사람의 이야기를 듣게 된다면 분석하고 판단하기보다는 그 사람의 입장이 되어 주었으면 좋겠다. 오로지 공감할 수 있는 것만이 힘든 사람의 상처를 쓰다듬어 줄 수 있다.

　어떠한 기준과 관점보다 그 사람의 아픔만을 보듬어 주면 좋겠다.

　다른 말들로 두 번 그 사람을 죽이지 말고 상대의 감정에 더욱 집중한다면 감정 공감으로 이어질 수 있다.

　―힘들었겠구나, 힘들었겠다.

　같이 속상해하고 마음 아파할 단 한 사람이라도 있다면 다시 힘을 낼 수 있을 테니까.

　공감하면 적극적인 자세가 생긴다.

　공감하게 되면 도와주려는 마음이 생긴다.

　이해하는 것과 공감하는 것과 동정하는 것은 확연히 다르다.

　공감은 적극적인 개입으로 이어질 때 가장 큰 힘을 발휘하게 될 것이다.

스스로 풀기

바느질하던 아이가 잘못 뜬 걸 풀어 달라 한다.

책을 보던 나는 마지못해 아이의 것을 받아 들며 조용히 한마디
한다.

"스스로 다시 풀어야지."

바느질하는 것에서 우리의 인생이 스치듯 지나간다.

고작 얼마 돼 보이지 않는 바느질이라도 그만큼을 하기 위해

한 땀 한 땀 고개 숙이고 한 자세로 오랜 시간을 견디며 집중한다.

다른 일들을 할 때도 바느질할 때처럼 주위에 무엇이 서성거릴지
라도 오직 한 자세로 들여다보며 파고들 줄 알아야 한다.

잘못된 일은 되돌리려 애쓰기도 해야 하고

결과에 책임질 줄도 알아야 한다.

심하게 얽혀 있는 실타래에서 한 올의 실을 잡아당겨 본다.

언젠가 다 커서 내 곁을 떠나가는 날이 오더라도

늘 지켜 주는 엄마이고 싶다.

그날이 온다 해도 여전히 해 준 게 없는 나는

훌쩍 자란 아이를 보며 여러 감정이 들면서
무심한 듯 살아온 행복의 일상들에 그윽해질 것이다.

오늘도 작은 조각들을 확실치 않는 퍼즐 판에 맞춰 간다.
흠난 마음을 조금씩 꿰매 가면서.

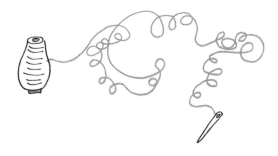

사람에 대한 취향

나는 재미있게 말하는 사람을 좋아한다.

나를 한없이 웃게 하는 사람, 내가 웃다가 뒤로 넘어가도 끄덕 않고 너스레를 떠는 사람.

하지만 자만한 자는 좋아하지 않는다.

겸손하지 않은 사람을 경계하는 편이고 겸손하고 착한 사람에게 끌린다.

좋아하는 것들에 대해 취향이라고 한다면 사람에 대한 이러한 성향을 따지는 것도 취향이라고 할 수 있을지 모르겠다.

하루는 연필깎이로 연필을 드르륵 깎다가 연필심이 끼어 가동되지 않은 적이 있었다.

칼로 연필을 돌려 깎는 것에 비해 한결 수월한 연필깎이.

동그란 구멍 안으로 연필을 넣고 맞은편에 달린 손잡이를 돌려 연필을 깎는 이 작은 행동에도 거만함으로 인해 모든 것을 멈추게 할 수 있다는 걸 깨달았다. 내가 단순히 기계의 손잡이를 돌리는 행위가 아무렇지 않게 드르륵 돌아가는 일일지는 모르나 그 아무렇지 않음에 거만함이라는 횡포가 깃들지는 않았나, 그래서 기계를 함부로 대해서 고장이 난 건 아닌지 되돌아보게 되었다.

모든 일들을 조심할 수는 없겠으나 거만한 태도와 자만한 마음은 항상 경계되어야 할 대상이다. 드르륵드르륵 갈려져서 나가떨어지는 연필의 나무 파편들, 저 나무는 아주 먼 길을 달려 내게 왔을 터인데 한편으로 작아진 나무의 밑동인 것만 같아 함부로 하기가 미안해진다. 내 책상엔 짜리몽땅해진 연필들이 점점 늘어 간다.

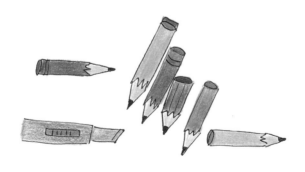

오늘은 비가 와서

시가 콜라보된 노래와 연극을 관람했다.

경기민예총 작가들의 시를 공연으로 펼쳐 보이는 무대를 관람하고, 시를 노래하는 '인디언 수니'라는 가수의 노래를 들으며 시가 저렇게 편안하면서 깊이 있게 다가올 수 있구나 느꼈다.

원래 있던 노래처럼 쉽게 다가오는 음률이 시를 읽을 때와는 확연히 다른 감성을 불러일으켰다. 노래의 힘은 가사나 작곡, 가수의 음정과 분위기에 달려 있다. 어느 것 하나라도 어색하다면 감성 전달에 호소력이 떨어질 것이다.

공연을 보고 나와서 화성행궁 광장을 걸으니 바람에 펄럭이는 시화들이 보였다.

마침 빗방울이 조금씩 떨어지기 시작하고 자연스럽게 나부끼는 시와 그림이 풍경 속에서 고스란히 한 폭의 그림이 되었다.

그날의 풍경과 신선한 느낌을 '오늘은 비가 와서'라는 시로 담았다.

오늘은 비가 와서

우산 밖으로 나온 어깨
적셔도 좋을 만큼
비가 와서 걸어요.

비 오는 거리가
그림이 되고

풍경 속으로 뚜벅뚜벅
걸어가는 길

손에 든 종이컵 안으로
빗물이 톡, 톡
커피를 적셔요.

오늘은

비가 와서

걷게 되어서

마냥 좋은 날

아무 바랄 게 없는 삶

누구나 자신의 생각대로만 살 수 있는 것은 아니다.

머리로는 말 한마디로도 상처를 주어선 안 된다고 생각하면서도 다르게 행동할 수도 있다. 상황과 기분에 따라 일어나는 감정의 변화로 나쁜 행동이 순식간에 나오는 것도 이유가 있을 수 있다.

우리가 진실이라고 여기는 것들의 경계나 정확도는 얼마나 될까.

세상에 진실이라는 게 있는 걸까.

각자의 상황이나 입장에 따라 진실은 달라진다.

누군가에게는 진실이라고 보이는 인식이 다른 누군가에게는 비겁함이나 거짓이 될 수도 있다.

우리가 선과 악이라고 내리는 정의도 어떤 면에서는 모호한 면이 수두룩하다.

분명한 선과 악이 있지만 애매모호한 표정을 한 얼굴들도 많다.

순간적으로 치솟는 감정은 우리가 예상할 수 있는 범위를 벗어날 때가 있다. 하지만 기저에 있는 어떤 이유에 기인하여 행동을 이해하거나 해석할 수도 있다. 모든 상황과 모든 사람을 이해할 순 없지만 어떠한 경우에도 폭력이 행사되어서는 안 된다. 하지만 가장 안타까운 것은 미처 생각지도 못하는 사이에 일어나는 행동으로 인한 불행이다. 아무리 많이 배운 사람이라 하더라도 다 이룰 수 없고, 아무리 훌륭한 사람이라 하여도 완전할 수 없듯이 사람은 정말 끝없이 모를 일이다.

수많은 사람의 하루가 모두 비슷한 듯 보여도 어디에나 비극이 있다.

웃는 게 웃는 게 아니라는 말은 누구에게나 적용된다.

우리의 삶이 녹록지 않다는 건 살수록 더욱 깨닫게 되는 일이기도 하고 내 삶이 주어진 내 능력대로 되거나 바람대로 원하는 바를 다 이룰 수 있다면 얼마나 좋을까. 그렇지 못하는 것이 또 인생이고 삶이니 순간을 그저 행복하게 살면 그것으로 족하지 않나.

겨울이 간다

 그날은 보일락 말락 가랑눈이 날렸고 소설(小雪)이 지난 이틀 후였다.
 창밖을 보며 어르신들께 이제 겨울이 온다고 말씀드리자
 70세이신 호열 선생님께서 소설이 지났으니 겨울이 가는 거라고 하셨다.

 "겨울이 간다."

 날짜로는 11월 24일이었으나 겨울이 시작되고 있었다.
 대부분의 우리는 보통, 이제 겨울이다. 또는 겨울이 온다. 또는 겨울이 왔다고 말하곤 했다.
 그런데 호열 선생님께서 하신 말씀은 "겨울이 간다."였다.
 이제 곧 대설이 오고, 그리고 소한, 대한이 지나면 입춘이기 때문이라고 하셨다.
 겨울이 간다.
 이제 시작되는 겨울 앞에서 걱정을 하는 게 아니라

이제 시작될 봄 앞에서 희망을 품고 설렘으로 맞이하고 계셨다.

호열 선생님은 시를 쓰고 그림을 그리는 동안 내내 행복한 모습이
셨다. 수업이 끝날 즈음엔 마비가 온 오른손으로 글씨를 다시 쓰기
시작하셨다.

시와 함께한 어르신 분들은 50대부터 80대 후반까지의 연세이면
서 제각각의 지병들을 앓고 계신다.

몸의 한쪽이 마비되어 쓰기가 불편하시거나 듣기나 말씀이 어눌
하신 분들, 걸음걸이가 불편하신 분들이지만 마음은 나보다 더 즐겁
고 가슴 가득 사랑으로 충만하신 듯했다.

물론 내가 보는 부분이 아주 작은 일부일지도 모르나 볼 때마다
늘 하루를 감사와 축복으로 시작하시는 모습이 존경스러웠다.

아픈 몸보다는 오늘의 감사를 새기는 온몸, 온 마음. 그 자체가 삶
이 되어 버린 분들을 보며 나는 얼마나 작은지, 다시금 깨달으며 돌
아오곤 했다.

나는 무엇의 노예인가

대부분의 사람에게 직업적인 일과 취미로 하는 일은 이분법적으로 나눠져 있다. 퇴근 후나 주말의 시간을 이용해 문화나 스포츠, 여행 등의 일탈을 누리는 게 보통의 삶이다.

언젠가부터 스트레스를 풀거나 힐링을 하는 것 말고도 아예 취미를 직업과 연결시켜 이어 가는 경우가 늘어나고 있다. 일상에서 누리는 문화적인 폭이 드넓어지면서 다양한 곳곳의 창의적인 삶이 열리고 있다.

우리가 무엇을 하고 사느냐는 인생을 즐겁게 살아가는 일과 연결된다.

무엇이든 집중하고 끊임없이 이어 갈 수 있는 자신만의 취미를 갖는 것은 가치 있는 일이다. 스스로의 인생은 자신이 만들어 가는 것이기에 좋아하는 것을 반드시 해야 한다.

오로지 주어진 일만 정시에 해내며 규칙적으로 사는 것보다 행복을 느낄 수 있는 나만의 것을 찾아야 한다.

하루라는 시간이 모여 삶으로 이어진다. 매일 반복되는 하루 속에서 즐겁게 보낼 수 있는 무엇을 찾고 행하는 사람이야말로 자신의 시간을 행복하게 잘 쓰는 사람이다.

내 삶의 '주인'이 되어 내 의지대로 하는 삶, 힘들더라도 나를 위한 시간을 쓰면서 살았으면 한다.

반대로, '노예'라는 말은 무엇에 종속된다는 뜻이다.

우리는 무엇에 종속되어 살아가는 존재이므로 어딘가에 메여서 일하며 삶을 이어 가고 있다. 그렇다면 나는 무엇에 종속되어 하루를 살아가고 있을까.

하루가 즐겁지 않다면 자신의 삶에 주인이 아닌 노예라 할 수 있다.

우리는 오직 즐겁게 살 가치가 있는 존재이다.

내 삶의 주인은 바로 나.

자신을 사랑하고 삶을 사랑하는 일이 살아야 하는 이유가 되어야 한다.

어떠한 것에도, 누구를 만나도, 무엇을 해도

사랑이 아니면 아무것도 아니므로.

내 삶의 주인으로 바로 서서 내 삶을 사랑하는 일이 가장 중요하다.

내가 좋아하는 일을 하자.

한 해가 지난다는 것은

한 해가 끝나기 전에 하는 일이 있다.

매해 받게 되는 건강 검진이다.

그동안 삐걱대는 데는 없는지, 몸에 이상이 생겼는데 모르고 지나치진 않았는지 확인하는 일을 거쳐야 한 해가 마무리된다.

증명사진을 찍듯 나를 찍는다.

겉을 재고, 속을 찍고, 빼내서 검사하고, 면밀히 들여다본다.

새해가 되면 원하지 않아도 나이를 쌓고

몸은 높아지는 숫자만큼 빠르고 불안하게 쇠락해지기 시작한다.

몸이 하는 일이란 차츰 자신을 놓아 버리는 일일지도 모른다.

평상시의 습관이 고스란히 반영되는 몸,

갑작스러운 주위 상황에 바로 반응하는 몸.

내 몸이 내 몸 같지 않던 날들을 지나고 또다시 연말이 온다.

나를 다시 돌아보는 시간은 맨몸으로 시작해서

머리부터 가슴속과 내장을 속속들이 지나 발끝에 이른다.

그러고도 못내 이끌고 가다 보면 새해가 된다.

갸륵하다
~~~~~~~~~

누군가를 사랑하게 되면 갸륵해진다.
말 한마디에 괜스레 눈시울이 젖어 들고
혼자서 섭섭해지고 기운이 없다가도
언제 그랬냐는 듯 그 사람을 위한 선물을 생각한다.
그가 좋아할 만한 걸 생각하기만 해도
행복이 다시금 차오른다.
사랑을 하게 되면 모든 순간이 그에게로 향하고
모든 것들을 그와 덧붙여 생각한다.

갸륵하다는 건
가슴 깊이 사랑한다는 것이다.
누군가를 사랑하게 되면 갸륵해진다.
마음이 깊어지고
정성이 더해진다.

가끔은 감당하기 버거운 일들 앞에서 지쳐 버릴 때가 있다.

울지 말아야지, 다짐하듯 생각을 지우고 고개를 흔드는 동안
진심 어린 걱정을 해 주는 말 한마디에 눈물이 뚝 떨어진다.
나보다 더 나를 먼저 걱정하는 사람이 있다면
마음 깊이 생각하고 있는 것이리라.
누군가를 마음 깊이 생각한다는 건 갸륵한 일,
거룩한 일이기에 마음이 일렁인다.

평범함과 특별함

평범한 것과 특별한 것의 차이는 무엇일까.

평범한 하루를 보내다가도 느닷없이 특별한 하루가 되기도 한다.

'평범함'과 '특별함'의 차이는 의미의 문제이다.

아무 일 없이 지내는 평범함 속에는 아주 소중한 것들이

다치지 않고 잘 담겨져 있다.

20대 초반의 나는 평범하게 사는 것이 꿈이었다.

나중에 평범한 사람과 평범한 가정을 꾸리고 앞치마를 두르고 보

글보글 찌개를 끓이고 평범하게 살아가는 것을 그렸다.

사는 환경이 사람의 꿈을 바꾸게 하고 생각을 바꾸게 한다.

사는 것에 의미를 지우게도 하고.

매일의 하루에 큰 문제없이 사는 게 평온한 삶이자 행복이라 느

낀다.

행복은 단순하다.

아픈 데 없이, 밥을 거르지 않고 일을 할 수 있는 것, 쉴 수 있는 공

간이나 사랑하는 이와 함께할 수 있는 것. 그게 다이다.

하지만 우리가 쉽게 평범하다고 말하는 것들은 그냥 얻어지지는 않는다.

평범하다는 건 쉬운 것이나 가벼운 것이 아니라 긴 시간을 지나서야 이룩할 수 있는 성공과도 비슷하다. 평범한 모든 것은 특별하다.

사소한 한 가지로 인해 특별해지는 순간은 평범함 속에 있다.

특별한 것은 감동과 기쁨을 짧은 순간에 전해 주고 그 짧은 순간은 오래 이어 온 시간의 과정이 고스란히 담겨 남다른 선물이 된다.

현욱이라는 아홉 살 아이는 주머니에 돌멩이를 넣고 다닌다.

어디서나 만날 수 있는 돌멩이지만 현욱이의 돌멩이는 특별하다.

내가 바라보는 그 돌멩이는 현욱이에게는 특별한 돌멩이지만 내게는 특별하지 않다.

현욱이는 그 돌멩이가 행운을 가져다주는 돌멩이라며 어딜 가나 데리고 다닌다고 했다.

돌멩이 하나를 주워 애지중지하는 현욱이의 모습에서 천진난만한 남자아이의 눈빛과 진심을 담은 가슴을 보았다.

돌멩이는 진심이 담겨 있어서 현욱이를 지켜 주고 하루를 기분 좋게 해 줄 것이다.

평범함 속에서 특별함을 끄집어낼 수 있는 아이, 비단 돌멩이뿐만
이 아니라 모든 영역에서 그러할 것이다.

평범함과 특별함은 늘 함께 붙어 다닌다.
그 둘은 '진심'이라는 마법으로 연결되어 있다.

길동무

- 어둠이 짙게 드리웠다. 그러나 우리는 두 눈 와락 뜨고 나아갈
  지니.

'그러나'라는 말을 언젠가부터 마음에 유심히 새긴다.

단호한 반대이자 거부이기도 한 그 말이 단절에서 희망으로 나아
가는 말 같아서 힘이 느껴진다.

청소년 아이들을 만나면 다양한 책 이야기와 더불어 인물들에 대
한 이야기를 많이 한다. 그중 가장 많이 언급된 이름은 윤동주와 전
태일이다.

암울한 시대와 상황 속에서 삶을 지속시켜 나간 힘은 무엇이었
을까. 윤동주에게는 시가 희망이었을 것이고 전태일에게는 근로기
준법이 그랬을 것이다. 사람답게 살기 위한 갈구가 그들에게 가장
큰 기도이자 실천이었다.

지키지 못하고 빼앗긴 삶, 타의에 의해서거나 자의에 의해서, 나
답게 살거나 나를 위해 살 수 있는 환경이 쉬운 것만은 아니다. 어쩌
면 김판수 선생님은 외모도, 시 쓰기도 윤동주와 닮으신 것 같다.

나 또한 어쩌지 못하고 짊어져야 하는 삶의 무게가 갑작스레 어깨를 누를 때면 한없이 힘들었지만 이제는 끌려가기보단 조금 단호해지고 의연해지고 있다. 내게 있어 삶의 버팀목이 되었던 것이 바로 시 쓰기였다. 시를 씀으로써 내 목소리를 지킬 수 있었고 매일의 하루를 살아갈 수 있었다. 나를 에워싼 두려움과 외로움과 슬픔이 유리 벽 안에 갇혀서 버틸 때 유일한 실천이 시 쓰기였다.

김판수 선생님께서 2017년 4월의 어느 날, 여러 선생님들과 점심 식사를 함께하자고 초대해 주셨다. 존경하는 선생님의 연락에 반갑고 감사했지만 일하는 날이어서 뵐 기회를 놓쳤다. 그런 후 세월이 흐르던 중 선생님께서 다시 연락을 주셨다. 직접 만든 노래를 보내 주신다는 것이었다. 잊지 않고 연락 주신 것에 무척 감사한 마음이었다.

며칠 후 usb가 왔다.

업무 중 바로 노래를 듣고 불과 몇 분 지나지 않아 먹먹한 마음이 되었다. 선생님의 육성이 나오기도 전에 이미 맑고 정갈한 서정이 슬픔 위로 떠올랐다.

"그 시절 '갇힌 사람들'의 아픔과 슬픔, 절망이나 희망을 뱉어내는 간절한 마음이 이 곡들에 배어 있습니다."

청운의 꿈을 안고 떠난 영국과 덴마크 유학에서 돌아온 선생님은 1969년, 스물일곱 살에 '유럽·일본 유학생 간첩단 사건'으로 연루되어 감옥에 가게 된다.

5년이라는 억울한 철창생활에서 외국어를 익히고 도금 기술을 배우며 노래를 적고 옮기셨다.

악보에는 날짜가 명징하게 적혀 있고 정갈한 음표와 노랫말이 가명 '김민혁'이란 이름으로 들어차 있다. 그의 가명은 민중 혁명을 의미하는 말이다.

독재 정권은 누군가를 돕거나 사람답게 살려는 사람들을 죽이고 절망에 빠뜨렸다.

선생님은 청춘의 한 허리를 베어다 묶어 놓은 감옥에서 햇빛을 받아 옮겨 나가셨다.

시간은 짙게 드리운 어둠이었다. 그러나 선생님께는 희망이란 이름으로 가슴을 고스란히 채운 노래가 있었다.

가을에 받았던 이 노래들을 차에서 오가며 들었다. 12월의 끝자락으로 내달리는 시간 속에서 내 가슴을 부쩍 울리는 곡은 '삶으로 오라'였다.

아름다운 세계 그려 보던 시절

지금은 아득히 멀어져 가고
변치 않는 사랑 약속하던 벗들
언젠가 말없이 돌아서 갔네

어둠에 잠기어 울고만 있을까
아픔에 지쳐서 잠들어 있을까

모두 오라 모두 오라
돌아오라 돌아오라

'익천' 김판수 선생님은 '마르지 않는 샘물'로 이웃과 더불어 사는
삶을 이어 가고 계신다. 나도 기회가 된다면 내 시에 선생님의 곡을
붙여 노래로 불러 보고 싶다. 또한 직접 선생님께 내내 듣고 있는 노
래를 불러 드리고 싶다. 길동무를 향한 응원의 목소리를 담아.

길동무

너를 위해 가는 길 외로울지라도
나의 길은 너의 길 함께 가는 길
너를 위해 꾸는 꿈 슬프지 않으니
나의 꿈은 너의 꿈 함께 꾸는 꿈

일어나자 어둠 속에서
나아가자 빛을 찾아서

너를 위해 가는 길 괴로울지라도
나는 너의 길동무 언제까지나

너를 두고 가는 길 마음은 아파도
언젠가는 돌아와 함께 가리니
사랑하던 사람들 모두 다 떠나도
우리들의 참사랑 영원하리라

일어나자 어둠 속에서

나아가자 빛을 찾아서

너를 두고 가는 길 마음은 슬퍼도

나는 너의 길동무 세상 끝까지

사랑이란 이름의 한 글자, 삶

사랑을 믿지 않는다는 한 사람을 만났다.

그 사람은 왜 그런 말을 하는 것일까.

그 사람의 상처가 얼마나 깊었으면 누구도 사랑할 수 없다고 하는
걸까.

그 사람은 사랑이 사치라고 했다.

다 좋으면 되는 거라고 말을 마쳤다.

사랑이란 마음먹어서 되는 일이 아니다.

내가 누군가를 사랑하는 일은 예상치 못한 일이며 느닷없이 찾아
온다.

바람대로 되거나 계획해서 이루어 내기는 쉽지 않은 일이어서 맘
을 먹는다고 할 수 있는 일과는 다른 성질의 것이다. 목적을 두고 만
나는 경우엔 결국 진심으로 서로를 아껴 주기에 한계가 있을 수도
있다.

사랑은 가슴에서 피어난다.

눈에서 시작되고 마음에서 끓어오른다.

편안한 감정이라기보다는 끌리게 되는 감정이라 할 수 있고

온화한 상태보다는 들뜬 상태가 된다.

사랑은, 누군가가 자꾸 떠오르고

종일 시시때때로 불쑥불쑥 그 사람이 생각나

다른 일에 집중이 안 되는 과정을 심각하게 거쳐야 한다.

사랑이 아니라면 누군가를 종일 생각할 일이 있을까.

사랑은 감정이라서 끓어오르기도 하고 울기도 한다.

한 사람만을 향한 오롯한 감정이라서 어쩌지 못한다.

만약 사랑을 나타내는 한 글자가 있다면 삶에 가깝다.

그 어떤 것도 담아내는 글자.

사랑, 삶.

사랑은 살아가는 데 필수 조건이자 기본 바탕이기도 하다.

모든 문학 작품과 예술이 지향하는 바이기도 하지만

누구나 사랑을 위하여 사는 인생이 진심을 다한 삶이기도 할 것
이다.

자신의 곁대로 누군가를 곁에 두려 하거나 함께하려는 마음

오늘도 삶은 이어지고 사랑도 이어진다.

살아간다는 건 사랑한다는 것이다.

사랑 없는 삶이란 얼마나 무미건조할까.

당신의 계절은 언제인가요?

몇 명이 모인 자리에서 질문을 던져 보았다.

-지금 당신의 계절은 언제인가요?

누군가 이렇게 말한다.

-늘 마음속에 꽃이 핀다. 희망이라는 꽃이. 그러니까 나는 항상 봄이다.

-겨울, 겨울 지나 올 새봄을 맞이하기 위해 도약을 준비한다. 그러니까 나는 지금 겨울이다.

-가을, 곡식이 익고 모든 것들이 익어 거둬들이는 계절, 나는 가을이다.

몸이 불편한 장애로 일상생활을 하기가 어렵게 된 분들의 답이었다.

정신적으로나 육체적으로 어느 한 군데만 이상이 생겨도 우리의 일상은 크게 위축되고 만다. 스스로 할 수 있는 일들이 하나도 없어지면 눈을 감고 잠을 청하는 것만이 편안히 할 수 있는 일이 된다.

다른 이의 도움으로 생활해야 하는 고통스럽고 모욕적인 몸이 되리라곤 전혀 상상도 못 한 분들이시다. 누구에게나 있을 수 있는 일이고 나 또한 내 몸을 스스로 가눌 수 없는 날이 올 거란 걸 조금씩 알아 간다. 그러나 정작 내가 내 몸을 스스로 어찌할 수 없을 때, 나는 내일을 위한 준비를 할 수 있을까 질문을 던지게 된다.

나는 지금 어느 계절일까

나의 가슴은 계절을 잊은 지 오래다.
계절이 바뀌어도 무덤덤한 채로 살았다.

이제야 조금씩 계절이 다가옴을 느낀다.
어디서 불어오는 훈풍인지,
얼마만큼의 햇살인지
그 방향과 깊이를 서서히 느끼고 있다.

긴 겨울 지나

#긴 겨울 지나 맞이하게 되는 찬란한 봄

누구에게나 짧지 않은 인생을 살면서 마주하게 되는 힘겨운 시간이 있다.

남부럽지 않게 사는 것 같아도 어쩌지 못하는 사고나 건강의 문제가 생길 수 있고

가진 게 없는데 자꾸만 절망해야 하는 순간들의 연속으로 힘들게 되기도 한다.

그런 날들 속에서 어쩌다 만나는 기쁨의 순간들이 있다면

얼마나 다행이고 축복인지.

큰 어려움 없이 살아갈 수만 있는 게 인생이 아님을 알기에

작은 일상의 조각들로 기뻐하고 또다시 힘을 내게 된다.

힘이 되는 말 한마디,

도전에 대한 희망,

뭔가를 이루었을 때의 성취감,

사랑하는 이의 마음을 받는 것.

이런 순간들이 귀한 기운을 주어 삶을 감사히 여기게 되고
많은 것을 겸허히 받아들이게 된다.

긴 겨울 지나 봄을 맞이하듯
어렵고 힘든 시간들이 언젠가는 명지바람에 밀려나고
찬연한 봄빛 안으로 들어서게 된다.

긴 어둠 끝에서

#긴 어둠 끝에서 마주하는 눈부신 빛

고통 속에 빠져 있을 때는 희망이란 아예 보이지 않는다.
하지만 희망은 한 끗 차이라서 생각하기에 따라
불행에서 등 돌린 순식간에 마주할 수도 있다.
보이지 않는 것이 아니라 보지 못하는 것이다.

긴 어둠의 터널 끝에서 발견하는 빛처럼
모든 절망에는 끝이 있다.

꽃 한 송이

꽃을 받는 사람이 되었다.

책을 내고 낯선 사람들을 만나게 되면서 시작된 현상이다.

작가란 사랑받는 사람, 사랑받기 위해 쓰는 사람이란 걸 깨닫게 되었다.

물론 축하의 의미로 주는 꽃다발이겠으나 참 부끄러운 일이다.

꽃을 들여다보면 예쁘고 신비롭기 그지없다.

길가를 지나다 꽃 앞에 쪼그려 앉아 들여다보기 일쑤다.

낮은 곳에 피어도 높이 피어도,

작은 꽃이어도 큰 꽃이어도,

꽃이란 꽃은 모두 어쩜 그렇게 기특하고 어여쁜지 한참을 들여다보게 된다.

꽃다발을 받으면서 꽃을 더 자주 보게 되었다.

책과 관련되어 인연이 된 분들 덕분이다.

겨우 시상식 같은 곳에서나 받는 꽃인데

아무리 생각해도 과분한 선물 같아서 쩔쩔매기도 한다.

단지 내가 꽃을 좋아한다는 이유로도,
받고 기뻐한다는 이유로도 꽃을 받는 일은 부끄럽다.

하지만 꽃을 주는 건 마음을 전하는 일이고
꽃을 준다는 건 예쁜 마음을 주는 것이다.
꽃을 주는 건 그 사람의 행복을 비는 일이기도 하다.
그러므로 꽃은 주는 사람과 받는 사람 모두를 행복하게 한다.
꽃을 받으면 그 예쁨 앞에서 낮아지며 다시 또 머무르게 된다.
그 사람의 마음을 되새기며 바라보게 된다.

내 차 이름

친구에게서 중고로 경차를 사게 되었다.

그전에는 내 덩치에 어울리지 않는 차를 여러 종류로 탔기에 내게는 최초로 모는 경차였다.

작은 덩치라 주차할 때 큰 만족을 주었다.

그 외에도 두루두루 그 차를 탈 때마다 만족도가 높아져 갔다.

나의 깜찍한 애마 이름을 고민하던 중

내가 자주 하는 말인 '까꿍'과 차종을 딴 '굿모닝'이 떠올랐다.

마침 전화가 와서 친구에게 말했더니 '복댕이'라고 지어 주라고 한다.

언젠가 학교 후배가 지어 준 내 이름 이니셜, K.GO.를 가져온다면 '복댕이, k.go'가 된다.

앞으로 안전하게 오래오래, 복댕이와 함께 즐겁게 달릴 일만 남았다.

감당할 수 없는 눈물

우리는 살아가면서 얼마나 많은 눈물을 흘릴까.

단시 슬퍼서 우는 게 아닌,

기쁨의 눈물이거나 하품 등의 생리적인 현상으로 나오는 눈물까지

어쩌다 눈에서 눈물이 흐른다는 걸 감지하게 되면 이내 닦아낸다.

살다 보면 눈물을 감당할 수 없을 때도 있다.

눈물이 마르지 않는 나날을 보내는 사람들,

감당할 수 없는 슬픔을 가슴에 담고 사는 사람들이 있다.

무엇으로도 위로받거나

위로해 줄 수 없는 슬픔.

슬픔은 저마다의 가슴에서 은밀하고 고요히 차올라서 깊고 깊은 우물이 된다.

신이 감당할 수 있을 만큼의 고통을 준다면

그 깊이는 얼마나 계산적일까.

슬픔과 고통을 감히 계산할 수 있을까.

감당하기 힘든 눈물 앞에서 우리는 무엇을 할 수 있을지.

그저 함께 가만히 기다리는 일뿐.

눈 내린 아침

창밖에 밤새 눈이 내렸어.
온 세상이 하얀 코트를 입었네.

기차역 안에서 떨고 있는 사람을 위해
추위에 밤새운 마른 나무들 위해
포근하고 넓은 겨울옷을 입었네.

눈 덮인 거리에 발자국이 따라와.
소록소록 아기의 하품처럼
처음 가져 보는 흔적들.

동그랗게 눈을 굴려
눈사람을 만들어.
너를 닮은 동그란 얼굴
동그란 눈, 얇은 입술이 떠올라.
온 세상 하얗게

온 마음 하얗게

밤새 널 그리워하던 나와
첫눈처럼 사라져 간 너를.

나란히 선 눈사람 둘이
온통 하얀 세상에서 반짝이며 웃네.

눈이 내리고 또 내렸어.
너에 대한 내 그리움이 하얗게 쌓여 가.
네가 없던 외로움이 하얗게 지워져.
너를 보고픈 내 마음이 하얗게 덮였어.
사랑한다는 그 말처럼, 그 말처럼.

사랑하는 그대에게

지극한 그 노랫말이 나를 울린다.

어렴풋이 들어 본 적이 있던 노래지만 제대로 알지 못했던 노래다.

이 노래는 호열 선생님께서 불러 주셔서 알게 된 곡이다.

아울러 '유심초'라는 가수의 노래를 많이 알려 주셨다.

그중 내 입에서 가장 많이 흘러나오는 노래이다.

통화하다가도, 설거지하다가도, 잠깐의 공백이 있을라치면 입 밖
으로 튀어나오는 노래가 되었다. 부르다가 왜 또 울컥해지는지. 서
글퍼지는 곡이다.

* 사랑한단 말 한마디 못 하지만

 그대를 사랑하오.

 그대 위해 기도하진 못하지만 그대를 사랑하오.

 다시는 돌아오지 않는다 해도 그대를 사랑하오.

사랑이란 얼마나 참아야 하는지

나의 사랑 그대여 내 마음 아나요.

가슴속을 파고드는 그리움이 눈물 되어 흘러도

내 모습 그대에게 잊혀도 그대를 사랑하오.

바람이 되리니

나는 머물지 않는 바람이 되리오.
하늘 높이 떠오른 태양 아래
자유로이 날아오르는 바람이 되리오.

먼 곳으로 한달음에 달려가는
새의 날갯짓보다 더 빠르게
거대한 어둠을 뚫고
적막한 밤의 세계로 나아가는
빛의 정령이 되리오.

나는 머물지 않는 바람이라오.
푸른 잎들의 노래를 들으며
그대 가슴에 새겨진 상처를 안고
흐르는 눈물을 닦아 주는
말 없는 바람이라오.
가도 가도

다다를 수 없는 그대에게 가는 길
그대 어깨 위로 스치듯 지나치는
바람이 되리오.

어느 곳에도 머무르지 않으나
언제든 곁을 맴도는 바람이 되리니

－김판수 선생님의 창작곡집 〈길동무〉 노래들을 듣고 또 들었다.
그리움을 안고 살아야 했을 시간들을 떠올리며 석양이 번지는 하늘을 곁에 두고 이 시를 썼다. 그리워도 갈 수 없는 처지인 사람과 사랑에 대하여 생각했다. 그 바람을 담아.

'바람이 되어 당신 곁에 있을게요.
그러니 울지 말아요. 나도 당신을 사랑해요. 늘 곁에 있고 싶어요.'

마음을 다하는 사람

자신의 마음을 다하여 일을 하는 사람,
자신의 마음을 다하여 한 사람을 사랑하는 사람.

마음을 다한다는 것은
모두를 거는 것이다.

마음을 다하는 사람은
실패를 하더라도 주위를 원망하지 않고
자신의 부족함을 못내 아쉬워할 것이다.

마음을 다하여 성공을 한다면
제 공이 아니라
다른 바탕이 자신을 품어 주었다 여길 것이다.

무릇,
마음은 태도의 문제이기에

마음을 다하여도 되지 않는다는 것에 절망하기보다는

자신의 진심에 기대어 충만한 시간을 보낼 수 있었음에

스스로를 위로해 줄 수 있을 것이다.

그리하면

마음을 다하여 기다리는 시간이

더없이 소중할 것이다.

빛나는 가치를 지니게 되므로.

보는 세계

두 눈을 통해 바라보는 세상은 사람마다 다르다.

각양각색의 빛깔로 채워진 세상에서 색을 다르게 인지하는 사람이 있는가 하면 같은 장면을 보고도 전혀 다르게 해석하거나 느끼기도 한다.

우리의 눈은 무엇을 보며 관찰한다.

눈여겨보지 않아도 금세 뚜렷한 인상을 남기는 모습이 있고

잘 들여다보아야만 알 수 있는 세계도 있다.

가까이서 잘 들여다보면 명징하고 신비스럽게 다가오는 세계들은 관찰의 눈을 통해서만 가능하다.

사람마다 자라 온 환경과 처한 상황에 따라 모든 풍경은 재해석된다.

나의 기분에 따라 맑은 하늘이 달리 여겨지는 것처럼

우리의 인생은 제각각이고 놀라우면서 암울하기도 하기에.

내 시선에 들어온 세계가 전부가 아니고

내가 가진 시각과 사고가 전부가 될 수 없는 세계에서

그나마 우리가 공통으로 추구하고자 하는 바는 같다.

아름다움을 향한 시선.

그리고

행복한 마음이다.

선물

나를 정말로 사랑해 주는 단 한 사람이 있다면

바로 당신입니다.

아침에 눈을 떠 밤에 잠이 들 때까지

내 생각만으로 하루를 꼬박 채우는 사람이 있다면

바로 당신입니다.

작은 말소리에 귀 기울이고

거친 숨소리에 걱정하는 사람

나를 한없이 기다리며 보고파 하는 사람

밀어내도 다시 돌아오는 용수철처럼

언제나 내게 돌아오는 단 한 사람

파도치는 인생에서 나를 꽉 잡아 주며

함께 풍랑을 헤쳐 나갈 사람

어둠뿐인 적막한 바다에서도 곁에 있어 줄 사람

어디에도 없는 나의 단 한 사람

바로 당신입니다.

철부지 어린아이 같은 나를 웃게 하고
바보 같은 눈물을 닦아 주는 유일한 사람
말하지 못하는 마음을 다독이며 아픔을 홀로 등지고 가는 사람
쓸쓸한 바람 앞에서, 서러운 시간 앞에서
나의 울음을 함께할 사람

당신의 노래를 들으며 간절한 그 마음에 눈물이 흐릅니다.
마지막까지도 돌아앉지 않을 나의 곁이 되어 줄 사람
진실한 사랑이 무엇인지
내게 한없이 가르쳐 주는
그대라는 단 한 사람

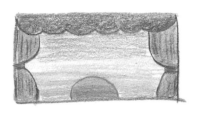

엄마 같은 오치골

오치골은 나무가 많고 물이 흐르고 있어 산으로 드는 길이 좋다.

어린 시절 그곳에 살 때는 '오치골'이란 지명 이름으로 따로 불리진 않았다. 아마도 언젠가부터 지역 관광 자원으로 개발되면서 지명 이름도 햇빛을 보게 된 듯하다.

아파트 뒤쪽에 자리한 산 덕분에 추억이 많이 쌓였다. 돌아보니 아련한, 정말 까마득한 옛날이 되어 버린 지난 시간들이다. 그때 우르르 함께 다녔던 동무들은 모두 어디서 지금을 보내고 있을까.

오치골이란 간판으로 안내가 시작되는 곳은 산길로 접어드는 입구이다. 이미 오래전에 정비가 되었고 사격장 대신 체육공원이 생겨나 걷거나 운동하기에 최적화된 곳으로 거듭났다. 워낙에도 오래전부터 동네 사람들이 산자락으로 드나들며 운동 삼아 다닌 곳이다.

사람들의 손길, 발길에도 나무가 많아 이곳에 들 때마다 한껏 정화되는 기분이다. 자연을 해치지 않으면서 인간과 공존하는 조화로운 장소가 되었다.

1월 중순이라 겨울의 한복판이지만 낮의 햇살은 포근함이 감돌고 맑은 하늘이 보이던 날이었다. 늦은 아침을 먹고 엄마와 산책을 나

섰다.

가지런한 나무들과 새록새록 마른 땅에서 솟아나는 풀을 구경하며 얼음 깨고 있는 아이들의 돌소리, 마르지 않은 물소리, 조로롱 방울새의 종알거림을 들었다.

걷다가 보게 되는 부러지거나 쓰러진 나무, 못 쓰는 나무를 모아 만들어 놓은 조형물, 어디선가 끊임없이 흘러 내려오는 물줄기, 키 큰 나무 아래 작은 나무, 전신주 위의 비둘기들, 젖은 벚나무 가지에 난 버섯들을 보고 있자니 자연에선 쓸모를 다해 끝나 버리는 건 그 어떤 것도 없는 듯하다.

자신을 내어놓듯 있는 그대로를 보여 주는 겨울의 모든 면이 평화

롭고 아름다웠다.

멀리 유명한 곳을 가지 않더라도 근처에서 이렇게 누리는 여유야
말로 소중한 시간으로 다가왔다. 엄마는 이제 오래 걷지 못해 벤치
에서 쉬면서 기다리시고 나는 물줄기 옆으로 나무들을 바라보며 좀
더 걸었다.

허리가 뻐근해 거꾸리라는 운동 기구에 처음 올라타 봤는데 거꾸
로 보는 땅과 하늘도 재미있었지만, 무엇보다 감기 기운에 띵하던
머리와 아프던 허리가 말끔해진 게 신기했다.

내가 살았던 오치골은 양정동 골목 안의 추억들과 함께 언제나 내
게 평화를 주는 곳이다.

의미를 찾는 길

울산에서 돌아와 손만 씻고 잤다.

대체로 자주 씻지 않는 게으른 사람이다. 이왕이면 바이러스가 난무하는 시대에 자주 잘 씻으면 좋으련만 모든 걸 덜 하면서 사는 건 쉽게 바뀌지 않는다.

자고 일어나 세수하려고 클렌징 폼을 찾다가 찢어 놓은 일회용 클렌징 팩을 발견하고 남은 용량을 손에 짜냈다. 화장품이나 세정제도 유효 기간을 지나 버리기 일쑤지만 날짜에 무덤덤해진 지도 오래다.

뭐든 부지런히 하는 사람, 열정이 넘치는 사람을 보면 대단하다는 말밖에는 나오지 않는다. 또한 악착같이 덤벼드는 사람이나 너무 부지런한 사람을 보면 염려스럽기도 하다.

어느 순간부터 나는 사는 데 무엇이 중요한지, 멀리서 보려는 자세를 갖게 되면서 덜 부지런해지고 아웅다웅 바삐 살지 않으려 한다. 하지만 게을리 사는 게 쉬운 일은 아니다. 마냥 늘어지게 살아가고 있지만은 않으니까.

모든 일상이 삶의 의미를 찾아가는 과정이다.

오늘 하루의 의미와 최선, 그러면 충분히 빠듯하다.

무엇에 애타게 얽매이거나 묶어 두지 않으려는 마음으로 오늘을
또 살아간다.

토끼풀

길가에 퍼진 토끼풀을 보다가 네잎클로버를 발견하기도 한다.

토끼풀은 세 잎인데 돌연변이로 자라난 네 잎을 보면 사람들은 흔하지 않다는 이유로 행운이라며 반긴다.

어찌 보면 정상과 비정상의 다름이 될 수도 있으나 우리에겐 알게 모르게 반겨 주는 마음이 곳곳에 스며 있다.

흔한 잡초지만 이름을 붙여 주고 의미를 더해 주는 일이 결국엔 우리가 즐겁자고 하는 일 같고 어떤 생명이든 의미가 있다고 생명의 입김을 불어넣는 것도 같다.

토끼풀은 어쩌다 자리하게 되고 우리의 눈길을 끄는 것일까?

보기보다 먹성 좋은 토끼가 종일 먹음직한 토끼풀.

줄기로 번식하는 토끼풀은 혼자 덩그러니 피어나 있지 않고 무리 지어 자란다.

어느 시인의 말처럼 토끼가 똥을 누고 간 자리에 고스란히 자라난 걸까.

토끼풀이 자라나는 곳에는 토끼들이 다녀가고 비와 햇빛과 바람이 지나갔을 것이다.

또 누군가의 발걸음으로 그곳이 다져졌을 것이고 마침내 어느 날엔가 눈에 보이지 않는 여러 요인에 의해 싹 하나가 불쑥 솟아났으리라.

토끼들을 실제로 아주 오랜만에 여주의 도서관 주차장에서 마주친 적이 있다. 두리번거리던 토끼 두 마리는 차들 사이로 깡충깡충 다니고 있었다. 자동차 밑에서 언덕 위로 총총총 이동하더니 듬성듬성 자란 풀밭을 내달렸다.

토끼가 즐겨 먹는다고 토끼풀이란 이름이 붙었을 텐데 토끼가 토끼풀을 먹는 걸 직접 본 적은 없다. 만화에서는 당근을 주로 먹던데.

언젠가부터 내 눈에 네잎클로버가 자주 발견되기 시작했다.

하동의 최참판댁에 갔을 때는 다섯 잎 클로버가 무더기로 있었다.

비가 오는 날이어서 빗물에 튄 흙이 붙어 있었지만 조금 털어서 잘 말려 두었다.

몇 잎은 코팅을 해서 주위에 나눠 주기도 하고 몇 잎은 잊어버리고 책 속 어딘가에서 재우는 중이다.

행운의 네 잎, 그보다 더한 다섯 잎.

우리를 기분 좋게 하는 의미는 별거 아닌, 특별한 의미 부여에 있다.

행운을 잡으려다가 가까이 있는 행복을 놓치기 쉽다는 말이 있지만 행복을 더하기 위해 또 하나의 의미 부여를 하는 것도 슬기로운 생활이 아닐까.

흙의 소리

연하게 자라난 풀을 보는 일은 시선을 낮추게 한다.

시선을 낮춘다는 건 마음을 낮춘다는 것이고 온몸이 함께 따라가는 일이다.

낮은 곳에 자란 풀을 보는 일은 키 큰 나무를 올려다보는 것만큼 경이로워서 몸을 낮추는 건 당연한 일이다.

아주 작은 씨앗 하나가 움트고 자라는 일은 거대한 지구의 일이고 아무나 할 수는 없는 일이다.

씨앗이 다리가 자라듯 뿌리를 뻗어 지구로의 항해를 시작한다.

뿌리는 길어지고 지구에는 무엇이 있는지 궁금증을 키우기라도 하듯 마구 뻗어나간다.

그러는 사이 씨앗 몸통은 줄기가 되고 떡잎을 키운다.

한 잎이 두 잎으로, 줄기가 가지로 커 가는 동안 시간이 흐른다.

시간이 흐른다는 건 생을 가열차게 살아가고 있다는 방증이기도 하다.

어느 날 문득 겨울의 한복판에서 어느새 지는 노을을 맞이하며 시간이 빠르다는 탄식이 뜨겁게 흘러나온다.

어떤 것들을 무궁무진 자라나게 하는 흙은 지구의 생명을 잉태한 넓은 우주 같다.

흙 속에는 무언가를 자라게 하는 커다란 힘이 있어 뿌리를 뻗게 하고 줄기를 세우게 하고 커다란 나무를 우뚝 서게 한다.

보드랍고 보슬거리고, 말라서 까슬거리기도 하는 흙이라는 존재는 어쩌면 가루처럼 흩날리는 낱낱의 미세한 덩어리일지도 모른다. 흙먼지라는 말도 있으니까.

흙은 바위가 부스러져 생긴 무기물의 가루와 동식물에서 생긴 유기물이 섞여 이루어진 물질이다. 생명이 없는 물질과 생체를 이루는 물질이 섞여 있다니 신기한 일이 아닐 수 없다.

그래서 흙은 그 자체로 물질이면서 생명을 이루는 물질도 되는 셈이다. 이 말은 흙이 생명이 있다는 것에 더 가깝다는 느낌이 든다. 온전히 홀로 있을 때는 자라지 못하지만, 생명력이 있는 것에 영향을 극대하게 미치는 물질인 거다. 이를테면 강아지가 흙에다 똥을 누고 그 자리에 참외가 솟아나는 일처럼 말이다.

우리에게도 이처럼 다른 요인으로 인해 꿈틀거리거나 움직이게 되는 일이 있다. 누군가의 한마디로 인해, 어떤 끌어당김으로 인해 어딘가로 나아가는 경험을 하기도 한다.

혼자 오롯이 존재할 때와는 다르게 움직임이 일어나는 일.

꿈틀거림처럼, 고요한 내 안으로 무언가 가만히 들어와 나를 톡, 톡 건드리는 일.

기적 같은 일들이 보이지 않게 일어나고 있다.

질문을 던지고, 고민하게 되고, 궁금해하고, 결정에 따른 움직임으로 나아갈 방향성을 가지게 된다. 내 안에 잠자고 있던 양질의 유기물들이 고요한 정신과 하나 되어 나를 움직이게 하는 힘이 된다.

흙의 냄새

흙냄새는 참 오묘하다는 생각이 든다.
비 냄새와 흙냄새는 지구의 냄새 같다.
세상 만물을 만들어 내는 냄새 같고,
고향의 냄새 같아 그리운 순간이 훅 올라오기도 한다.

비 오는 날의 흙냄새는 지구가 호흡하는 시간 같다.
그래서 그 시간 동안은 그 냄새에 집중하게 된다.

비를 품은 흙이 비로소 다시 흙이 되는 시간,
흙이 온전해지는 시간 같아서 집중하기 좋다.
그 어떤 것도 흙을 방해할 수 없는 흙을 위한 시간.

우리도 이제 자신에게 온전해질 수 있도록
영양분 있는 흙이 되었으면 한다.

죽음 앞에 이르렀을 때

내가 죽음 앞에 이르렀을 때
가장 절실한 것은 무엇일까.
나의 마지막 모습에서
가장 마지막 순간까지 갈
소중한 것은 과연 무엇이 될까.
나의 아이들을 보고 싶다고 말하게 될까?

플로베르의 《보바리 부인》에 나오는 엠마가 죽음 앞에서
"애를 데려다주세요."라고 말한 대목에서 보면 결국
쾌락을 추구하기보단, 현실을 잘 가꾸어야겠다는 결론에 다다
른다.

언제부턴가 죽음이 그리 멀리 있지 않다고 생각하며 산다.
집 안에 있는 물건들을 줄이고 정리하는 일이 습관이 되었다.
주변 정리도 마찬가지, 불필요한 것들을 자제하는 습관이 생겼다.
먹을거리를 쌓아 두지 않고

많은 인연을 만들려 하지 않고

스치듯 지나가는 일상들 속에 찾아드는 만남에 의미를 두며

다만 묶어 두려 하지 않는 마음이다.

책 읽어 주는 여자

책 읽기 싫어하는 아이, 책 읽어 주기나 읽기가 귀찮은 부모님,
몸이 불편해 움직이지 못하는 분, 책을 보고 싶으나 보기가 힘
든 분.
누구라도, 어떤 책이라도 읽어 드립니다.

내 꿈은 많았다가 소멸되었다가 다시 생겨나기도 했다.
꿈이 소멸된 채로 살던 스무 살 넘어, 비디오레이프를 빌려와 집
에서 영화를 보던 시절이었다. 재미있는 영화나 인상 깊은 영화는
보고 또 보는 게 나의 취미였다.
어느 날 프랑스 영화를 보는데 주인공 여자가 하는 일이 다른 이
에게 책을 읽어 주는 일이었다. 몸이 불편한 사람, 나이 든 사람을 찾
아가 그 사람을 위해 직접 책을 읽어 주는 장면이 나왔다. 화면을 보
면서 불현듯 '나도 저 일을 해야겠다.'라는 다짐 같은 생각이 들었다.
하지만 순간적인 생각이었을 뿐 현실의 내 생활은 달랐다. 지도를
품고 살았으나 어디로든 떠나지 못했고 학교 다닐 땐 공부보다 학교
일이나 알바를 더 많이 했다. 졸업 후에도 별생각 없이 살았다. 내가

뭔가를 하고자 하면 아버지께서 반대하셨고 그럴 때마다 매번 좌절로 인해 아무것도 할 수 없었다. 내가 할 수 있는 일은 직장에 다니는 일이 다였다. 그러다 세월이 흐른 후, 회사를 관두고 아이들을 키우다 우연히 그 일을 하게 되었다.

운명은 그렇게 아무렇지도 않게 우연히 찾아온다. 그 일은 내게 운명과도 같았다.

친구와 헬스장을 다녀오다가 우연히 본 광고 전단지로 인해 독서 교육 업체로 들어가게 되었다. 무엇보다 주 3일 근무라는 파격적인 근무 조건 때문이었다.

처음에는 책을 회원 집집마다 대여해 주는 책 대여점의 지점장 일을 했다.

동네에서 하는데도 회원은 단기간 안에 대폭 늘어 다른 지점들로 계속 이관해야 했다.

학부모인 회원 모들을 만나 상담하고 아이들의 연령에 맞는 수준별, 단계별 책 읽기 프로그램을 소개하는 일이 적성에 맞아 달마다 성과 우수에 대한 포상을 받았다.

그러다 독서 교사가 부족해서 아이들에게 책을 읽어 주고 이야기 나누며 독후 활동을 지도하기 시작했다. 책 대여는 많은 시간과 체력을 요구했지만, 책을 만지는 일이었기에 허리가 아프고 온몸이 지쳐 힘들어도 하루, 하루를 버텼다. 대여해 주는 일과 책 관리뿐만 아니라 회원 관리와 수업, 상담, 영업을 다 하다 보니 몸은 점점 더 축났지만 즐거운 일이기도 해서 일에 파묻혀 살았다.

언젠가 한 아이가 내게 물었다.
"선생님은 꿈이 뭐였어요?"
"응, 난 선생님이 되는 거."
"그럼, 꿈을 이루셨네요."
그렇게 아이의 말을 듣고 나니 '아, 그렇구나!' 싶었다.
학교에서 만나는 선생님은 아니었지만, 언젠가 생각했던 '책 읽어 주는 선생님'이 되어 있었던 것이다. 아버지의 반대에도 무릅쓰고 원하는 대학엘 가고 학과로 갔다면 지금은 어떤 인생을 살고 있을까 가끔 궁금해지곤 했었다. 그랬다면 다른 장소에서 살고 있을 확률이 가장 클 거지만 결국엔 지금처럼 책의 곁에 있지 않았을까 싶다.
오랜 시간 많은 책을 읽어 주었다. 그럼에도 못 본 책들이 많지만, 이제는 머지않아 손주들에게 책 읽어 주는 할머니가 되어 있을 모습이 그려진다. 이제는 유튜브나 오디오 앱, 다양한 채널 등으로도 책 읽어 주기는 가능하나 이왕이면 직접 만나 읽어 주는 게 더 좋다. 그야말로 '책 읽어 주는 여자'.

돌아보니, 누군가에게 책과 함께 기억될 수 있어 다행이고 감사하다. 보람되고 즐겁지만 힘들기도 했었던 그 시간들에 대한 보상 같기도 하다.

이제는 회사 상사가 꿈에 나타나는 일도 없고 매일 보고서나 마감해야 할 일도 없고, 바우처 사업으로 들어오는 기저귀 찬 아가들과 등에 땀이 흐르도록 놀아 줄 일도, 주말이나 국경일에 나가서 파라솔을 펼치고 전단지를 돌리는 일도, 계단을 타며 자석 스티커를 집집마다 붙이며 매일 홍보하지 않아도 되지만 그 모든 것이 그저 즐거웠다.

내가 읽어 준 책으로 큰 아이들, 나와 나눴던 시간으로 성장기를 보낸 아이들이 언젠가는 다시 나와 마주하게 되지 않을까.

프랑스 영화의 여주인공처럼 누군가에게 여유롭게 책을 천천히 잘 읽어 주는 일은 차차 두고두고 할 일이기도 하다. 우리는 언젠가 또다시 어디서든, 무엇으로든 만나게 되리라.

밝은 마음

이제 성인이 되어 가는 예은이를 깨우는 동안

단 한 번도 짜증 내며 일어나지 않는 아이에게서 밝은 기운을 받곤 한다.

늘 밝은 아이 덕분에 보기만 해도 기분이 상쾌해진다.

어떤 이들은 시간을 내어 만나도 지치는 기운이 드는 사람이 있다.

밝고 긍정적인 에너지를 받는 사람은 돌아온 자리에서도 좋은 일을 품게 되지만 반대의 경우엔 시간이 아깝고 몸도 지치게 된다.

밝은 마음은 어디에서 오는 것일까.

예은이를 대할 때의 이미 사랑으로 가득 찬 마음과 말투에서 그 아이의 태도가 나오는 것은 아닐 것이다. 똑같이 대한다 해도 다른 표정이나 말씨로 고개를 돌리는 아이도 있다.

늘 밝은 그 마음 덕분에 나는 예은이가 참 좋고

누구나 그런 예은이를 좋아할 것이란 예감이 든다.

어딜 가나 사랑받을 아이, 누구라도 눈을 반짝이게 만들 아이,

비록 어려운 상황을 겪게 되더라도 쉽게 무너지지 않을 아이.

밝은 마음은 삶의 태도를 밝게 만든다.

일요일

볕 좋은 일요일.

살랑살랑 불어오는 바람에 활짝 창을 열어 두고 빨래를 널어 본다.

나부끼는 옷자락들의 팔랑거림이 "나 오늘 한들한들거려요."라고 말하는 것 같다.

사람들은 언제부터 평일과 주말을 구분해 놓은 걸까.

평일에 열심히 일하고 주말엔 놀고 쉬도록 하는 제도는 멜로 드라마 입성처럼 산업화와 함께 굳혀진 것일까.

주말이면 아무 계획 없이 느슨함이 온몸에 가득 차도 좋고, 차가 막혀도 무작정 어디론가 떠나 버려도 좋다.

토요일이 주말이어서 금요일 오후부터 주말 기분이 된다.

계획을 잘 짜는 사람은 미리 예약을 해 두고 출발 준비를 하거나 만날 약속을 정한다. 나 같이 무계획의 달인인 사람은 어딜 가더라도 뒤늦게 생각나서 일어설 뿐이다. 항상 늦지만 순식간에 맘먹고 나서기도 하고 다시 안주해 집에서 마냥 늘어지는 느림보가 되기 일쑤기도 하다. 집에서 쉬며 먹고 치우기만 해도 시간은 잘만 간다.

난 일요일 아침 일찍 태어났다고 들었다.

마당으로 나와 요강을 비운 엄마가 들어가고 얼마 되지 않아 나를
낳았다고 주인집 아줌마가 말했다고 한다.

그래서 일요일의 느긋한 천성을 지녔을까.

달팡 달팡 아기 달팡, 달팽이보다 느린 아기 달팡.

휴가

빠듯한 일상 중에 떳떳하게 놀 수 있는 기간, 휴가.

휴가는 일정 기간 쉬는 일을 말한다. 일 년의 꽃, 직장의 꽃이라 불리는 황금 같은 시간이다. 꿀 같은 휴가를 위해 사람들은 또 열심히 일한다.

가 보지 못한 곳으로 정처 없이 돌아다니는 것도 좋고 아무것도 하지 않은 채로 마냥 며칠 동안 뒹굴거리며 보내도 좋고, 영화나 드라마를 몰아서 보거나 레포츠를 즐기거나 전시회 및 공연 감상 등할 수 있는 건 무궁무진하다.

어쩌다 조금 유명한 곳에 가면 어디든 사람들이 붐빈다. 사람들은 왜 그리도 쉬지 않고 열심히 사는 걸까. 여행도 부지런한 사람들만 갈 수 있는 게 아닐까. 떠나기 위해 준비해야 하고 서둘러야 하고 시간 계획을 잘 세워야 하니까.

사랑하는 사람과 함께 행복한 시간을 가지는 것이야말로 최고의 휴가이고 휴식이지만 혼자서 보내는 시간이야말로 최고의 쉼 같기도 하다.

어디든 여행을 가면 현지인처럼 낯선 동네에서 생활하려고 한다.

번화가가 아닌 곳에서 숙박하고 대중교통을 이용하면서 동네를 걸어 다닌다. 유명한 곳은 멋진 풍광을 볼 수 있지만 생소한 곳의 동네는 소박하고 정겨운 삶의 정경을 선사한다. 모르는 곳에서 익숙한 정서에 공감하는 건 어디든 사람 사는 곳이기 때문이다.

다른 나라의 동네 놀이터를 아무렇지 않게 지나가고 슈퍼에서 매일 장을 봐 끼니와 간식을 해결한다. 건물들의 외양과 날씨에 따라 달리 보이는 낯선 곳의 이미지를 체험하는 건 행복한 시간이다. 책에서는 볼 수 없는 가게의 모습과 작은 풍경들은 이방인의 눈을 즐겁게 만든다.

세상은 어디든 아름답지 않은 곳이 없는 것 같다. 가는 곳마다 경이롭고 정겹다. 소박함과 고유함 속을 걷는 일이야말로 여행의 행복, 그 자체가 아닐까. 일상의 연속 같은 일탈, 지금도 꿈꾼다.

자작자작 자작나무

나무를 태우면
자작자작 소리가 난다고 자작나무라 지었네.
회백색의 빛을 띠고 있는 기둥은
기린 목처럼 길게 뻗어 있지.
핀란드의 산타할아버지가 불쑥 튀어나올 것 같아.

강원도 원대리에 가지 않고도 자작나무를 쉽게 볼 수 있게 되었다.

우리 동네 공원길에도 자작나무가 줄지어 서 있기 때문이다.

덕평휴게소에 처음 갔을 때 자작나무 숲을 조성해 둔 것을 보고 놀랐다. 자작나무가 줄줄이 겹겹이 있는 건 처음이었기 때문이었다.

자작나무들 사이로 오가며 기둥을 어루만져 보았다.

고개 들어 올려다보고만 있어도 그 자태에 매료되는 자작나무.

동유럽과 북아시아에서는 사람을 보호하기 위해 신이 내려준 선물이라 여겼다. 집집마다 주위에 심어 나쁜 기운을 막게 했다고 한다.

　끝이 세모난 모양의 푸른 나뭇잎보다 은백색의 나무줄기와 파리
한 빛깔의 껍질에 쉬 눈을 뗄 수 없게 만드는 나무,

　창백해 보이는 하얀 기둥에 한들거리는 이파리가 무리 지어 숲을
이루어도 외로워 보이기 때문일지도 모른다. 마치 우리들처럼.

겨울 자작나무 숲

파란 하늘을 향해
가녀린 줄기를 뻗어 올리는 자작나무
자면서도 귀를 열고
긴 긴 밤 찬바람의 갈피를
표정 없는 얼굴에 새긴다.

서로 다른 듯
등을 돌린 듯, 따로 인 듯
서로가 서로에게 아무것도 아닌 듯

맑은 적막 사이로
말을 삼킨 입술 자국이
지문처럼 번진다.

손을 대어 보고
귀를 대어 보고

끌어안아 올려다보면
숲을 키우는 드높은 하늘

시간의 결을 따라
속살을 짓누르는 단단한 마디가 되어
괜찮다, 괜찮다
가만히 쓰다듬는다.

마음으로 읽는 시

도서관에 언어 능력 향상 프로젝트로 나온 시집 시리즈가 있어
꺼내 보았다.

재미로 읽는 시 – 초급
마음으로 읽는 시 – 중급
생각하며 읽는 시 – 고급

시를 쓸 때는 사유의 바다 속을 한없이 헤엄쳐야 한다.
사물을 생명이 있는 어떤 것으로 만들어야 하고
이미지화하는 과정이 필요하다.
그래서 '생각하며 읽는 시'가 마땅히 고급 단계임에는 틀림이 없다.

하지만 막상 읽었을 때,

쉬 공감하면서 심금을 울리는 시는

'마음으로 읽는 시'가 된다.

말하듯이, 속삭여 주듯이, 위로해 주듯이,

내 마음을 읽어 주듯이

읽히는 시가 좋은 시라 할 수 있다.

시의 본연은 울림, 마음을 담는 것일 테니까.

많은 사람이 소통을 위한 SNS를 이용한 지 오래다.

그러면서 그에 따른 문제점도 항상 제기된다.

SNS뿐만 아니라 득과 실이 함께 따르는 것들은 실로 많다.

모든 것들이 완벽할 수 없는 세상이라서 좋은 점이 있으면 그렇지 못한 점도 있게 마련이다.

적당히 이용하되 파묻히지는 말 것.

아날로그와 디지털의 적정한 활용이 필요하다.

그래서 생겨난 말이 '디지로그'이다.

세상 속에서 자기만의 또 다른 세상을 구축하는 파워 SNS맨들은 부지런하고 기술도 월등하다.

필요에 의해서 나 또한 쓰고 있지만 정말 유창하게 사용하고 있지는 않다.

메모장이나 자료 활용을 위해 사용하거나 친한 사람들과의 소식 공유, 잘 모르는 사람도 근접할 수 있는 통로 정도로 쓰고 있다.

무엇보다 내겐 기록의 중요성에 기인한 작업 통로로써 활용되고 있지만 이제는 책과 관련한 홍보나 작업에 적극적으로 이용되는 것 같다. 홍보라고 해 봐야 소소한 일상의 그림 정도이지만 개인으로서 할 수 있는 활용은 그리 크진 않다. 전문적으로 아예 작정하고 해야 뭔가 월등한 힘을 가질 수 있을 것 같긴 하다.

그 또한 모든 게 시간과 노력의 산실이기에 SNS를 잘하는 사람들에게도 감탄사가 나온다.

모든 것의 잣대는 상대적이기에 무엇을 하든 시간 활용을 잘만 한다면 가치 있는 일이 될 수 있다.

행복의 가능성

스티브 잡스가 한 10년만 더 살았다면 세상이 또 어떤 변화를 이루어 냈을까 생각한 적이 있다. 아까운 인재들이 많다. 재능을 살려 세상을 좋게 할 수 있는 사람들은 수명이 길었으면 좋겠다. 왜 신은 나쁜 놈들, 악한 인간들을 쉽게 데려가지 않으면서 인류에 도움 되는 선한 사람들을 오래 살도록 허락해 주지 않는지 모르겠다.

누구나 가능성이 크다.

찾지 못하고 발견하지 못하는 사람도 많다.

현실의 생활이 쳇바퀴 돌 듯 무한 바쁨 속에 있거나

현재에 불편함 없이 만족하거나

아님, 생활조차 버거운 하루를 살고 있기 때문일 것이다.

자신이 행복하게 살기 위해서는

매일을 살아가는 여정에서

진정한 자신의 모습을 만들어 가야 한다.

내가 할 수 있는 것 중에서 찾고,

내가 하고 싶은 것 중에서 배우고,

늦더라도 조금씩 나아가는 것.

멈추지만 않는다면 그 길에서 이미 행복해져 있다.

나는 "물방울이 바위를 뚫는다."라는 말을 좋아한다.

꾸준함이 이룩해 내는 힘을 믿는다.

꾸준히 한다는 것은 자신을 키워 나가는 것이다.

노력과 시간은 누구에게나 공평하다. 나는 그 진실을 믿는다.

인생

어느새 나이를 먹어 간다.

그럼에도 누군가가 나이를 언급하며 "이제 나이 생각해라.", "나이가 그럴 때다." 등의 말을 할 때면 그 사람이 갑자기 낡아 보인다. 사람의 인생을 간결하게 나이로 기준 삼아 정의 내리는 사람을 만나면 불편한 마음이 든다. 걱정의 마음을 뛰어넘어 염려보다는 제한의 벽을 세우는 것 같아 당혹스럽고 반갑지 않게 들려오곤 한다.

한때 유서 쓰기 붐이 인 적이 있다.

기간을 정해 유서를 정기적으로 쓰는 이도 있다.

나도 몇 번의 유서를 써 보았다.

우울증이 심하고 사는 게 사는 것 같지 않아 죽으려고 시도를 한 적도 있었다.

그런데 유서를 쓰고 나면 항상 고민이 생겼다.

'어떻게 죽지?'

그렇게 한참 생각하다가 고개를 돌리면 어느새 시간이 가 버린다.

티베트 속담에 "죽음이 먼저 올지, 아침이 먼저 올지 알 수 없다."

는 말이 있다.

아직까지는 내게 죽음보다 아침이 먼저 와서 살아서 누리는 즐거움을 소소하게 이어 가고 있다.

이제는 하루를 무탈하게 보내고 주변에서도 큰일이 일어나지 않기를 바라며 무사한 하루에 그저 감사해한다.

하루의 무사함이 내게는 큰 축복과도 같아서 다른 어떤 것들은 다 물 흐르듯 흘러가고 흘려보낸다.

언제든 다시 만날 수 있을 것 같아도

다시 못 보게 되는 인연도 있을 테고

한번 지나가면 다시 갈 수 없는 곳도 지나간다.

언제나 다시 오지 않을 오늘을 사랑하며 살고

진심을 다하며 대하려 한다.

진심을 다하는 순간들이 하루이고, 전부이다.

감정

　딸아이의 재촉으로 주말 아침의 단잠을 멀리하고 영화를 보러
갔다.
　'인사이드 아웃'은 두뇌 속 감정들을 의인화하여 각 감정의 특성
에 맞게 캐릭터를 창출한 상상력 풍부한 영화였다.
　감정들은 주인인 사람이 행복하게 살 수 있도록 돕거나 여러 가지
일을 조절하며 산다.
　'기쁨이'가 '슬픔이', '버럭이', '까칠이', '소심이'를 통제하며 매일
매일을 살아간다.

어떤 날은 좌충우돌 난관을 맞이하기도 하고 쩔쩔매기도 하면서 몇몇의 감정들이 사람의 행동과 삶을 책임진다.

애니메이션을 통해 감동한 적이 있던 나는 이제 자연스레 어른이 아이들을 위해 만들어 낸 발칙한 상상화들에 쉽게 동조된다.

어른이 아이로 인해 더 따뜻해지는 애니메이션 또한 우리의 뇌리에서 자꾸만 말하려 한다.

"행복해야만 해!"

우리의 두뇌 속에도 소리치는 '기쁨이'가 살고 있기 때문일 것이다.

– 내 안의 눈물이 차오르면 슬픔이가 충분히 슬퍼해야 위로가 돼.
 슬픔과 함께할 때라야 치유를 하게 되지.
 그럴 땐 기쁨이가 기다려 주는 거야.

우연

아무런 인과 관계가 없이 뜻하지 아니하게 일어난 일, 우연.
'우연'이란 말은 가끔 '행운'이란 말의 느낌과 비슷해서
그 말을 입 밖으로 낼 때 살짝 입꼬리가 올라가기도 한다.

짧지 않은 시간을 사는 우리는
적지 않은 사람들을 만나게 되고
우연과 필연으로 일이 생기기도 한다.
우연히 스친 만남이 인연이 되기도 하고
그 인연이 살아가는데 기쁨이 된다.

좋아하는 것을 하나씩 차근차근히 하다가
우연히 얻게 되는 기쁨의 순간이 있다.
그런 순간을 준비된 우연이라 부를 수 있을 것이다.
시간 속에 녹여 낸 노력이 반짝거리는 순간이 될 때.

우연히 만났지만

잊을 수 없는 인연이 있고
모든 것들에 다 이유가 있듯
우연 같은 만남도 인연이다.

– 수없이 많은 사람 중에
　만나게 된 당신,
　당신과의 만남을 소중히 생각합니다.
　당신을 만난 것은 기적입니다.

어떤 그리움

가라고 하지 않았는데
가는 것들이
너무 많다.

소리 없이
사라져 가는 모든 것이
그리운 날은
떨어지는 이파리 하나에도
온몸을 싣는다.

비 소식

유난히 가문 해의 봄날이었다.

찬란한 봄의 뒤를 이어 뜨거운 여름이 오고

지겨운 장마 기간이 뒤따랐지만, 뉴스에선 여전한 가뭄을 연이어
보도했다.

농부의 마음엔 얼마나 시름이 깊어졌을까.

내가 농사를 짓지 않아도 심히 걱정스러울 만큼 가물었다.

그러던 어느 6월의 하루,

서울 사는 언니가 너무도 화안한 목소리로 들떠 전화를 걸어왔다.

"지영아! 비 온다!

너무 좋아서 전화했다!"

우리 동네에는 비가 내리지 않았지만

그 시원스러운 목소리 덕분에 가물었던 나의 마음은 촉촉해졌다.

인생이라는 배

배가 있다면
잔잔한 물살에 누워 태양 아래의 여유를 부려 보고 싶다.
지루하다 싶으면 바다 속으로 첨벙,
자유롭게 수영을 하고
배와 멀리 떨어지지 않은 거리를 오가며
눈을 감고 내가 좋아하는 배영을 하고 싶다.

빗방울이 떨어지거나 바람이 분다면 부두로 돌아와 배를 정박하고
친구들을 불러서 배 안에서 놀다가 영화를 보면 좋겠다.

가끔은 혼자 배를 타고 싶다는 생각을 한다.
어떤 일이 닥칠지 모르는 인생의 항해에
이미 승선해 있으면서 말이다.

쓰고 싶은 글

동화책에 들어갈 원고를 보는 중이었다.

단편 동화 몇 편을 한 권 분량으로 묶고 들어가지 않은 글을 읽고 있었다.

그 이야기는 '슬픔이라는 친구'라는 제목으로 시작되었다.

문득 출판사에서 아이들이 읽을 책인데 왜 이야기가 다 슬프냐고 물어볼지도 모르겠단 생각이 들었다. 실제로 아이들이 읽을 책은 무조건 재미있어야 한다고 말하는 작가도 있다.

아이들은 슬픔을 모른다고 여기는 걸까.

왜 아이들은 무조건 재미와 즐거움만 강요받아야 하는 걸까.

아이들도 슬플 수 있고 슬픔이 있다.

슬픔 없이, 눈물 없이, 상처 없이 살아갈 수도 있겠지만

저마다의 상황이 달라서 슬픔을 위로할 수 있는 이야기도 필요하다.

내가 쓰고 싶은 글은 슬픔을 위로하는 글이란 것을 알게 되었다.

대상이 아이이든, 어른이든.

동물이든, 사람이든.

나는 슬픔을 어루만지는 사람이고 싶다.

그래서 시를 써 왔는지도 모른다.

사람의 어두운 곳을 함께 바라봐 줄 시선,

그런 마음자리가 되고 싶어서

어두운 내면을 덤덤히 받아 냈는지도 모른다.

상실이나 상처, 슬픔 속에 따스함이 온전히 깃들어 있기를 바라
면서 날마다 호흡한다.

색이 다른 비둘기들

운전하다 신호에 걸려 정지 상태의 차 안에서 밖을 내다보고 있었다.

맞은편 전깃줄 위에 비둘기가 세 마리 앉아 있었다.

하얀색, 회색, 까만색의 깃털을 한 세 마리의 비둘기들.

제각각의 색을 지닌 비둘기 셋이 나란히 앉아 노을을 보고 있었다.

여름의 저녁은 더운 기운을 몰고 어스름으로 향하는데

평범하게 바쁜 일상에서 마주한 그 모습이 한적하고 평온해 보였다.

우리가 사는 세상도 각각의 비둘기들이 한곳에 나란히 사이좋게 앉아 있는 것처럼 저마다 모습은 다르지만 하나의 모습처럼 어우러져 있다.

이제는 다문화 지구인이라 세계 어디든 민족과 문화가 다른 사람들이 함께 살아간다.

억지로 조화를 이루려고 애쓰지 않아도 있는 그대로의 모습으로

나란히, 나란히. 함께 살아간다.

보름달, 봄

겨울잠을 자는 동물들은
그 긴 동면에서
어떻게 알고 깨어나는 것일까

따스해진 공기
촉촉해진 흙으로 아는 것일까

사랑하는 사람들이
서로 마주하는 눈빛만으로도
따스해지는 것처럼

오랜 침묵과 적막이
따스한 시선과 말 한마디에
문을 여는 것처럼

대지의 숨을

눈 감고서도 느끼게 되는 것일까

나의 편, 한 사람

시간이 갈수록 그리워지는 사람은
아름다운 외모의 사람이 아니라
같이 있을 때 편안한 사람이다.

친구와의 차 한잔,
친구와의 술 한잔,
친구와의 여행

친구란 편한 사람이니까 찾게 되는 것이리라.
나의 편한 사람,
나의 편, 한 사람

나의 편
친구

꽃을 보듯

봄이 올 때면 몇 달 웅크렸던 모든 생명이 움트고 깨어나
보는 이조차 꽃이 된다.
한 달도 못 가는 봄꽃이 바람에 흩날리다
비에 못 이겨 우수수 아래로 떨어졌다.
길바닥에 달라붙어서 더 이상 움직이고 싶지 않다고 말하는 것
같다.
마냥 그대로인 꽃잎들이 빗물에 한껏 적셔져서 길바닥의 꽃이 되
었다.
화사한 꽃을 보는 마음이 애처로움으로 바뀌었다.
꽃이 피면 당연히 지는 것도 알지만 그 모습이 애잔한 것은 생명
이 다하는 것을 쉽게 마주하기 때문이다.
사람도 꽃을 대하는 눈으로 바라본다면
생명이라는 고귀함 앞에서 뭐든 함부로 할 수 없을 것이다.

꽃을 보듯 누군가를 바라볼 때
'아~!' 하며 짧은 감탄사를 한번 내뱉고 말을 시작하면 좋겠다.

그저 바라봄으로도 그윽해지는 행복한 눈으로 사람을, 세상을 보았으면.

커피의 시간

커피는 사람들이 모이는 곳에서는 어디든 빼놓을 수 없는 대중적인 음료로 자리 잡았다. 이제는 프랜차이즈 커피 전문점이 수천 개가 넘고, 아담한 동네 카페부터 아주 큰 대형 카페, 빵 카페까지 많이 생겨났다. 그 정도로 커피에 대한 관심이 상당히 높아진 지 오래되었고 커피 시장 또한 경쟁이 치열해졌다.

커피를 처음 발견할 당시 사람들은 야생의 커피 열매를 그대로 먹었다고 한다. 하지만 그 맛이 너무 자극적이어서 물을 넣어 마시고, 이후 약처럼 달여 먹기도 했다. 커피 열매는 커피나무에서 1년에 한 차례씩 수확되며 다양한 성분을 함유하고 있으면서 커피 열매마다 그 맛과 향이 달라 애호가마다 심취하는 커피가 다르다.

불과 20년 전만해도 우리에게 생소했던 커피가 지금은 대중적인 음료로 자리 잡았다. 나도 커피를 즐겨 마신 지 오래되었다. 다른 건 몰라도 피로를 덜어 주는 기능을 믿는 것인지 특히 일을 시작할 때나 중간에 주로 마시고 가끔은 심장이 빨리 뛰거나 밤에 잠이 안 올 때도 있다.

커피와 관련해서 영화나 여러 글이 있지만 그중 떠오르는 이야기가 하나 있다. 〈발자크, 문학적 이유가 아니라 결혼하기 위해 글을 쓰다〉라는 글이다.

프랑스 소설가인 발자크는 〈고리오 영감〉으로 잘 알려져 있지만 그의 죽음에 대해서는 모르는 사람들이 많다. 세계적인 대문호로 알려진 그에게 일생의 목표는 문학적 성취가 아니었다. 글을 쓰는 일은 단지 직업이었을 뿐이었다.

그가 그렇게 글을 써 댄 것은 도스토옙스키처럼 빚을 져서가 아니라 결혼을 위해서였다.

그는 33살에 이미 유부녀였던 한스키 폴란드 백작 부인에게 첫눈에 반해 청혼하기에 이른다. 당시 남편이 있던 백작 부인은 처음에는 거절했지만, 그의 열정에 감복하여 남편이 죽고 나면 결혼하기로 약속을 하게 된다.

발자크는 백작 부인이었던 여성과 결혼하기 위해서 커피를 수십 잔씩 마셔 대며 작업을 했다. 이윽고 18년에 걸친 꾸준한 작업과 구애 끝에 꿈을 이뤄 51세에 백작 부인과 결혼한다.

그러나 지나친 카페인 과다 복용으로 인해 결혼한 지 5개월 만에 죽고 만다. 그가 평생 마신 커피는 약 5만 잔. 유부녀와의 비밀스러운 연애, 빠르게 돈을 벌어들이기 위해 약물처럼 복용한 커피, 그리고 결국 원하는 것을 얻었지만 요절해 버린 불운. 그의 인생은 커피를 부르는 다른 말 '악마의 유혹'으로 요약될 수 있을 것이다.

커피의 유래에 대한 정확한 기록이나 증거는 없지만 가장 널리 알려진 이야기에 의하면 기원전 3세기 에티오피아의 목동이었던 '칼디'에 관한 이야기가 있다. 평소에 얌전하던 염소들이 붉은 열매를 뜯어 먹더니 그날 밤새 흥분해 춤추듯 뛰어다니기 시작하는 거다. 이상하게 생각한 그는 근처 수도원의 승려에게 이 사실을 알렸고 이내 승려들은 이 열매가 정신을 맑게 하고 피로를 덜어 준다는 것을 알게 되었다. 이후 사원에서 기도할 때 졸음을 쫓기 위해 먹기 시작했다고 한다. 당시에는 지금과 달리 커피콩을 빻고 볶아서 빵에 발라 먹었다.

발자크의 꿈에 다가서기 위한 커피, 승려들의 정신을 맑게 하기 위한 커피, 피로를 덜어 주는 커피 등으로 커피는 어느새 우리 곁에 다가서 있다. 나에게 커피란 쉼과 여유, 바쁜 일상에서 늘 함께하는 안정제 같다. 그 시간이나 자리를 더욱 향기롭게 품어 주는 매개가 되기도 하고 감미로운 음악이나 창밖에 내리는 빗줄기와 함께라면 마음의 안정과 정화에 도움이 될 것이다.

위기철 소설가는 《아홉 살 인생》을 쓰던 스물아홉과 서른에 넓은 창밖에 내리는 비를 바라보며 커피 마시는 걸 좋아한다고 했다. 일상의 로망처럼 누구에게나 커피는 여유로운 시간을 선사한다.

오늘 하루, 반짝반짝

수많은 오늘 하루가 이어지며
이야기가 되고 역사가 된다.

작은 부분 하나
작은 마음 하나
누군가의 말 한마디가 보태져
오늘 하루라는 바퀴가 굴러간다.

반짝반짝 일렁이는 빛으로
조금씩 자라나는 꿈들이
지금 곁에 있는 사람과 함께 나아간다.
일상이 주는 기쁨과 걱정이
또 다른 시작으로 이어진다.
슬픔도 어루만질 수 있는 시간으로.

오늘이 있어

참 좋다.

위대한 아가 발

종일 해를 밟고 종종대던 순한 너.
아직 세상의 때가 묻지 않은 어린 너는 앞으로 많은 길을 갈 거야.
거칠고 차가운 길, 축축한 길, 어두운 길을 걷고 달리고
미끄러지고 넘어지며 헤쳐 나가겠지.
발가락 사이에 햇살을 끼워 넣고
꿈속을 동동 떠다니는 깃털 닮은 발로.

세상은 너에게
좋은 곳만 데려가진 않을 거야.
하지만 기억해 둬.
네가 원하는 곳이라면 어디든
너를 이끌 수 있어.

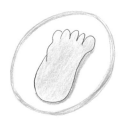

사는 동안 끊임없이 반복되는 것들

잊히다

·

·

·

기억하다

·

·

·

간직하다

·

·

·

그리워하다

상처에 익숙한 사람은 없다

언젠가
아물어 간 상처가
새로 난 상처를 보며 말했다.

"괜찮아."

우리는 살아가면서
알지 못하는 사이에도 누군가에게 상처를 준다.
또한 다른 사람이 의식하지 못한 상처를 받는다.
그 누구도, 그 어떤 상처에도 꿋꿋하거나
아무렇지 않은 사람은 없다.

우리가 상처에 대하는 자세는
슬픔을 맞닥뜨릴 때와 같다.
견디며 지나가기를 기다리거나
마냥 견디기만 하기.

아이를 키운다는 것

가끔 엄마들의 고민을 상담할 때가 있다. 아이의 이해력이 부족해서 무엇을 어떻게 해야 좋을지 막막하다고 할 때가 많다. 그럴 때면 쉬 동감되면서도 쉽지 않은 육아와 교육에서 엄마의 역할이 정말 너무 무궁무진하다는 생각이 든다.

한 아이를 키운다는 건 우주를 키우는 것처럼 아주 위대한 일이다. 아이를 잘 키운다는 건 달에 착륙하는 것만큼 어렵고 한 생명의 무한 가능성을 최대한 열어 주기 위해 엄마가 해야 할 일은 너무도 많다. 아이와 함께 엄마는 다시 자라고, 늘 연구하고 고민하고 기도하면서 날마다 기다린다. 항상 힘에 부치지만 좀 더 잘해 내고 싶은 시간들 속에서 아이가 잘되기만을 바란다. 온 마을이 힘을 합쳐야 아이를 키울 수 있다는 말처럼 엄마 혼자만의 힘으로는 쉽지 않다. 주위의 많은 사랑과 관심이 필요하다.

아이를 키운다는 건 쉽지 않은 일이지만 아주 고귀한 일이기도 해서 우리는 매일 감사하고 다시 힘을 낸다. 온 기쁨을 주는 아이를 통해 많은 것들을 깨닫고 배우며 얻게 되기에.

부드러움은 강함을 이긴다

나는 밤을 좋아한다.

도심의 불빛을 좋아하고 밤하늘에 떠오른 달과 별을 보는 걸 좋아한다.

춘천에서 캠핑할 때 보았던 무수히 빛나는 별들을 잊지 못하지만 창밖으로 올려다보는 밤하늘도 좋다.

자신이 반짝이는 빛을 발하는지도 모른 채 우두커니 홀로 선 별 하나를 볼 때면 혼자 어둠 속에 서 있는 누군가의 모습같이 여겨질 때가 있다.

멀고 먼 별나라에 혹시 누군가 있다면 거기서도 이쪽을 바라볼까.

빛이 있기에 어둠도 밝을 수 있지만 어둠의 시간이 있기에 빛이 소중하기도 하다.

여명이 트는 시간을 맞이할 때는 설렘으로 시작되고 환한 대낮에는 강한 기운을 느낀다.

다시 저녁놀이 물드는 시간을 지나면서 온화한 기운이 퍼지기 시작하고 어둠이 빠르게 깃들면서 하루를 정리하게 된다.

포근하고 다정한 시간으로 드는 밤,

누군가는 고단한 몸을 이끌고 와 겨우 두 다리를 펴는 시간이고, 어떤 이는 일터로 향하는 시간이기도 하고, 누군가는 치열하게 글을 쓸 테고, 또 어떤 이는 공부하느라 눈을 부릅뜨며 애쓰는 시간일 것이다.

밤의 시간은 허공에 나를 띄우는 시간 같기도 하고 관대해지며 스스로 부드러워지는 시간이다.

확 트인 낮과는 다르게 밤의 공허는 나를 더욱 나이게 하는 시간 같고 나를 감싸 주는 시간 같다. 부드러움은 강함을 이기듯 정확하고 줏대 있는 말투나 강한 인상을 주는 사람과는 다르게 온화하면서 부드러운 사람은 헤어지고도 오래도록 가슴에 남는다.

언젠가 한 후배가 외유내강의 표본이라고 한 적이 있다. 야무져 보인다는 말도 가끔 듣곤 했지만, 전혀 나 스스로는 그리 여기지 않는다. 어떤 분께선 마주앉아 얘기하다 심지가 곧은 사람 같다는 말씀을 하신 적이 했다. 내가 생각지 못하는 사이에 그런 면들을 간파한다는 것이 놀랍지만 나쁘게 보지 않는다는 점도 고마운 일이다. 강하게 나를 어필하지 않지만 부드러움 속에 있는 강함을 느끼신다는 말이기도 하니 그런 과한 칭찬을 들어 민망할 따름이다.

나서거나 드러내는 것을 좋아하는 성향이 아니어서 그나마 글로써 끄적거리게 되었는지도 모른다. 어쩌면 세상이라는 밝은 곳에 나오고 싶어 안간힘을 쓴 걸지도 모르겠다.

어렵거나 뒤틀린 말들이 아닌, 부드러운 말투를 닮은 목소리로 평범하게 살아가는 누구나의 이야기를 쓰는 것이 즐겁다.

책 선물

엷은 안개가 가득하고
후덥지근하기만 한 여름의 장마一.

친구가 책 선물을 보내 줬다.
문자로 목요일에 집에 있냐고 묻더니
택배가 오는 날이었던 것이다.

같은 책을 주문해서
같이 읽는다는 것에 행복해져서
단숨에 읽었다.

긴 인생의 여행길에서
풍성해지는 삶을 꿈꾸자.
내 좋은 친구야!

행복과 불행

행복과 불행은 늘 함께 있다.
우리는 불행이 오지 못하게
불행을 알아차리기 전에 행복하다고
자꾸만 주문을 외우는 중인지도 모른다.

동전의 양면처럼 행복과 불행은 붙어 있는데도
한 면만 보려는 사람들이 많다.
스스로의 안위를 위해서,
행복해야 하니까.

언제든 힘든 순간이 닥치리란 진리를 알고 있기에
지금 순간을 행복해하고 감사해야 한다.
머나먼 인생의 길을 가고 있는 자체가 축복이다.
행복도 불행도 모두 인생이다.

맑은 슬픔

절제된 마음속에서 생활하는 우리에게
슬픔이란 그 얼마나 순수한 마음이던가.
밝은 행복 안에서도 일순간 피어오르는
내면의 슬픔에 차오르는 정적의 울림.
어지럽지 않은 맑은 어둠 속에 가라앉아
혼자만의 치유를 하는 동안
낮 동안의 가득한 소음은 가라앉고
평온의 통로가 열린다.
후회와 반성, 미련, 욕망 같은 찌꺼기가 배출되고 흘러간다.
슬플 땐, 제대로 슬퍼해야 깨끗해진다.

남겨 두는 마음

맛있는 걸 먹으면 그 사람과 같이 먹고 싶고
예쁜 곳을 보면 다음에 같이 갈 생각을 한다.

사랑하는 사람을 위해
좋은 건 꼭 남겨 두는 마음.

누군가를 위해 남겨 두려는 마음은
사랑이 가져오는 습관 같다.

어떠한 것이든,
희망은 있다

'희망'이라는 말을 믿는다.
온통 슬픔만이 휘감을 때도
아프고 괴로워서
모든 것이 찢어지는 것만 같을 때도
살아 있다면 숨 쉴 수 있는 호흡처럼
다시 살 수 있는 희망이
어딘가에서 불을 끄지 않는다고 생각한다.

멀리 있는 그리운 것들이
나를 한없이 떠돌게 하여도…
이 세상에 혼자인 것 같아도…
내가 감히 어찌, 라고 여기는 일에서도…
만나지 못한 사람과의 일에서나
만나지 못한 내 자신으로 인해서도
어떠한 경우에도

희망은 반드시 있다.

아주 작고 소중한 빛으로

기다리고 있다.